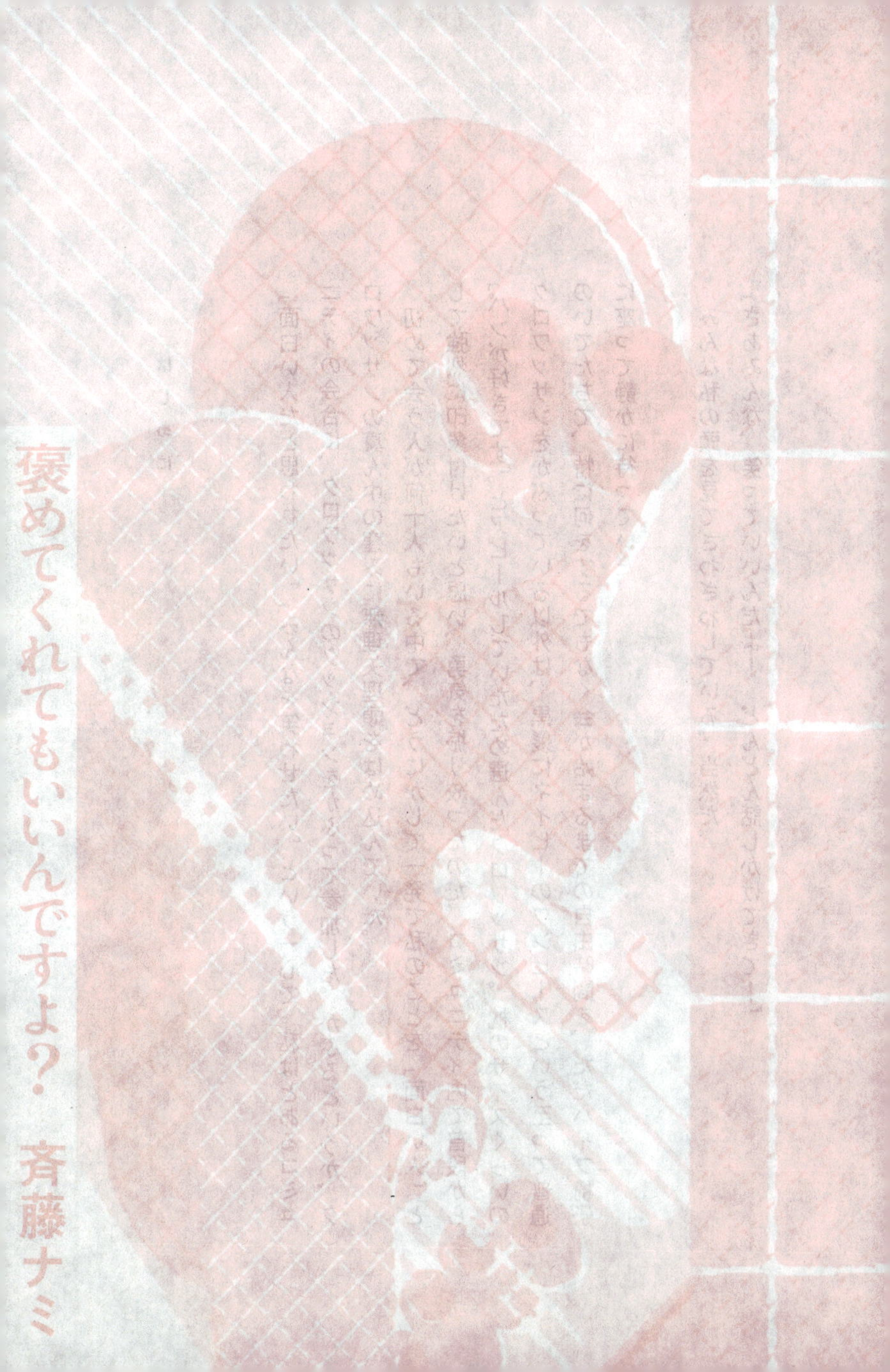
褒めてくれてもいいんですよ?
斉藤ナミ

はじめに

「面白い人だと思われたい」「みんなを笑わせたい」という一心で、私はとあるコミュニティの会合に、クロワッサンのクッションをかぶって参加した。かぶるというか、クロワッサンの真ん中の窪みに無理矢理頭をはめ込んでいた。

初めて会う人が何十人もいる中で、どうにかして一発で私のことを「面白い人」として強烈に印象付けたいと思い、勇気を振り絞ったのだ。コミュニティ内で普段から「パンが好きです」とアピールしていたため選んだクロワッサン。枕のサイズくらいのクロワッサンをかぶっている以外は、黒髪にネイビーのワンピースという至って普通のいでたちで、特に何をするでもなく会が始まるまでの自由時間を、ただパイプ椅子に座って静かに待っていた。

みんな私の頭を見てざわざわしている。当然だ。

「さあみんな、笑っていいんだよ！　どんどん話しかけてきて！」

そう思ってじっと待っていたけれど、誰も話しかけてこなかった。

「なんで誰も話しかけてこないわけ？　私、クロワッサンかぶってるんだよ？」

冷や汗が流れてきた。だんだん恥ずかしくなってきて、もうこの場で爆発して消えられないかなとまで思えてきた。


「ウケる！　何かぶってるんですか？」を期待していたのに、全然だめだった。考えてみれば、着ぐるみキャラ的におどけていたら、まだ話しかける余地もあったかもしれないが、ただ静かに一点を見つめて座っているクロワッサンをかぶった人なんて、とにかく「近づかない方がいい」としか思われないだろう。通報されなかっただけよかったのかもしれない。どう考えても私が浅はかだった。人気者になりたかったのに、大失敗だった。

＊

子どもの頃から静かに読書やゲームをするのが好きで、人とワイワイするよりも一人でいる方が心地良かった。小学校の休み時間は、教室の隅っこで一人もくもくと漫画を描いていた。妖怪に詳しい女性教師が生徒たちとともに怪事件を解決していくという、どこかで聞いたことのあるようなストーリーをふくらませ、自分の世界に篭って描くことに没頭した。明るく元気な同級生らがチャイムと同時にゴム跳びやドッジボールに飛び出していく様子を横目で見て「休憩時間なのにわざわざ疲れに行くなんてバカみたい」と悪態をついていた。

でも、本当は友達いっぱいの人気者たちがずっと羨ましかった。自分から「入れて」と言うことはできないけれど、校庭から帰って来た彼らが私の漫画を見て「なにこれ、面白いじゃん！」と言ってくれないかな、それをきっかけに私も人気者の仲間になれないかな、なんて夢見ていた。

期待もむなしく時は流れ、私はそんな面倒臭い羨望を拗らせたまんま大人になった。ブログブームの到来を機にインターネットで文章を書くようになり、部屋の隅っこで書くものは漫画からエッセイに変わったけれど、今も相変わらず「面白いじゃん！」の一言を待っている。

友達が欲しい。認められたい。愛されたい。本心ではそう思っているのに素直になれない。どうにかして「面白い」と思われれば人気者になれるかも、と体を張ってはスベり倒し、キラキラして見える人気者に「別に羨ましくなんかないけど？」とひねくれた予防線を張り、その歪んだ承認欲求を飽きもせず書き続けている。

そんな姿をインターネットの海に垂れ流していたところ、このたび「エッセイを本にしませんか?」と声をかけていただき、恥ずかしながらこの欲望と自意識の葛藤を本にまとめることとなった。

子どもの頃からずっと欲しかった、書いたものを「面白い」と言ってくれる人たちがようやく現れたのだ。X(Twitter)のフォロワーは増え、SNSを通じて人と交流することもできるようになった。

それでも、まだ私は今の自分に「これでいい」なんて言えない。インターネットの世界では理想の自分に近づけても、現実の私はジメジメと暗く、勇気を出して頑張ってみても失敗ばかり。ついつい周りを見て、友達がいっぱいで仕事で成功していてキラキラと充実した毎日を生きていそうな人と自分を比べて落ち込んでばかりの毎日だ。結婚、出産を経ても、もっと認められたい、もっと愛されたいという気持ちは消えないどころか年々大きくなり、その結果、暴走して頭にクロワッサンをかぶったりしてしまう。

この本には、私が理想と自意識のはざまでウダウダしまくっている無様な様子をたっぷり詰め込んだ。「あんた、40年も生きてそれ?」と哀れまれるんじゃないかと不安ではあるが、私のように「愛されたい」を拗らせてしまっている人に「私だけじゃないんだ」「こんなふうに承認欲求をさらけ出して生きている人もいるんだ」と思ってもらえたら、とても嬉しい。

クロワッサンは結局、会が始まる直前のタイミングでしれっと鞄に仕舞った。

褒めてくれてもいいんですよ？　目次

私を救った2ちゃんねる

初めてインターネットに文章を投稿したのは、18歳の頃だった。

高校を中退し、美容専門学校の通信課で資格の勉強をしながらヘアサロンのアシスタントとして働いていたその頃は、朝早くから夜遅くまで働いて手取りは15万円程度。家賃、水道光熱費、学費でほとんどが消えた。サロンでお昼に注文する350円の仕出し弁当に一日の栄養のほとんどを頼り、夕飯は菓子パンやアイスで済ますことも多かった。

「ファッションも仕事のうち」というオーナーの指示もあって同僚たちが毎日流行りの服を着ている中、私は古着屋でなんとか服を探したり、サイズが合わない服を自分で直したりしてお金を節約した。そして毎月少しずつ貯金をして、ついに6万円の中古のパソコンを買った。

知人の部屋にそのパソコンがあるのを見て「なにこれ、かっこいい！」と一目惚れしたのだ。写真の整理ができるから、などと理由を後付けしてはいたが、とにかく「そのパソコンが置いてある部屋＝オシャレ」というイメージに取り憑かれ、どうしても自分の部屋にそれを置きたかった。

やっと手に入れた自分のパソコン。忘れもしない、アップルの初代iMac、G3。グリーンのスケルトンカラーだ。

夜遅くに仕事から帰宅して菓子パンを齧りコーヒーを飲みながらネットサーフィンをするのが日課になった。そしてある日、何の気なしに「名古屋　ヘアサロン○○」と勤めているヘアサロンの名前を検索してみた。今思えば、あれが私の人生初のエゴサーチかもしれない。するとなんと、そこに「ヘアサロン○○　S店長下手くそ」という検索結果が並んでいたのだ。

それが、インターネット最大の掲示板「2ちゃんねる」との出会いだった。

鳥肌が立った。さっきまで一緒に仕事をしていた店長の悪口が書かれている。この画面に表示されていることはなんとなく現実とは違う、どこか知らない場所の話のような気がしていたけれど、これは確かにここと繋がっているんだ……！

そこは「名古屋の〇〇区のヘアサロンについて語るスレ（スレッド）」で、あちこちのサロンやスタッフたちの様子が、実際に訪れた客や、噂でしか店のことを知らない人によってたくさん書き込まれていた。

ドキドキした。夢中でそのページを読んだ。名前も顔も性別も年齢も分からない匿名だから、みんな好き勝手に本音で話している。良い情報もあったけれど、圧倒的に悪口の書き込みの方が多かった。このサロンのあのスタイリストはパーマが下手だからやめた方がいいだとか、あのスタッフはいつも同じ服を着ているだとか、何もかもがぶちまけられていた。

その日から毎晩、帰宅するやいなやそのページを読まずにはいられなかった。「今日はどんなことが書き込まれているんだろう。うちのサロンの悪口、また書かれてないかな？」

数日間はひたすら黙って読んでいたけれど、ある日、ついに自分でも書き込みたくなってしまった。「美容師に話しかけられるのがうざい」という話題で盛り上がっていたからだ。それについては、こっちにだって言い分がある！　ああ、伝えたい！　顔も、性別も、名前も分からないなら、何言ってもいいじゃん？　書き込んでも私だってバレないんだよね？

画面の下の方にあるボックスにカーソルを合わせて、恐る恐るキーボードを叩いてみた。中学のパソコンの授業で触って以来ほとんどタイピングなんてしたことがなく、プラスチックのブロックのようなキーを一文字一文字、カタ、カタ、カタ……と慎重に打ち込んだ。エンターキーを押したら、本当にこの画面に私の入力した文字が表示されるんだろうか？ここに私の文章が書き込まれたら、みんなはどう反応するんだろうか？スレッドが別の話題に進み始めたので、早くしなきゃ！と焦ってドキドキしながらエンターキーを押した。**パコーン！**

「今日はお休みですか？」ってやつだけど、こっちだって話しかけたくて話しかけてるんじゃないよ。

あんたらのスケジュールなんて本当は興味ないっつうの。

お客さんと話さないと店長に怒られるんだって。

私はできることなら黙って切っていたいよ。

忘れもしない。私の最初の投稿は、そんな文章だった。

その文字はサッと画面に反映され、人生初めての書き込みが表示された。「うわー！これ私の文章だよ！みんな見て！」と、今ここにいる全員に読んでほしいという衝動が沸き起こり、レスがついていないか何度もページをリロードした。違う話題で盛り上がっているので、もうそのまま流れてしまうのかと思ったけれど、少し経つとポツポツと「そりゃそうだよね」「人気商売みたいなとこあるもんね」「黙って切ってもらえたら一番嬉しいけどな」と私のコメントに対するレスがついた。

反応が来たことに感動して、頭がカーッと熱くなった。自分の打った文章が世の中に公開された、誰かに意見がちゃんと伝わったことが嬉しくて、興奮してクラクラした。もっと会話がしたくて、どんどん書き込んだ。

2ちゃんねるに投稿することが日課になった。サロンで「今日はどんなことを書き込もう？　これを書き込めばきっとウケるぞ！」と考えながら、家に帰るのを楽しみに働いた。

2ちゃんねるにどんどんハマっていった。映画やアニメについて語るスレ、名古屋の○○区のスレ、エロい話をするスレ。そこにはどんな種類の話も集まっていた。リアルな場では決して語られない社会の真実がその文字の羅列の中にある気がして、いろんなスレに出没した。

しばらくして私はヘアサロンのスレでも名古屋のスレでもなく、貧乏人がただただ愚痴を言い合い続けるスレに常駐するようになった。いかに美容師が薄給でギリギリの生活をしているか、いやいやおまえはまだマシだ、こちらなんてもっと貧乏だ、と全員で不幸マウントの取り合いをするというどうしようもないスレだった。どうしようもないけど、楽しかった。

「もやしは神の与えし救済の食材」「ストッキングは伝線してからが本番。どこまで捨てずに履き続けられるかワクワクすっぞ」「うちの子をペットショップの店員が代わりに見てくれてるという設定で週3で会いに行って、猫飼ってるつもりでいる」

貧乏トークは、決して〝かわいそう〟になってはいけない。悲惨なエピソードをいかに面白く書けるかがキモだった。

本当はろくでもない人間のくせに、オシャレで面白くて楽しい人間に見られたいと願っていた私は、日中のキラキラした世界では仮面を被ってヘラヘラと薄っぺらい会話を交わしてクタクタに疲れて家に帰り、日陰者が集まっているネットの世界にドス黒い本音を書いて本物の自分に戻っていた。私の居心地を悪くするような日陽の人気者は、そこには一人もいないように思えた。

顔が見えないからこそ、えげつない下ネタやひどい誹謗中傷に傷つけられることもあったし、途方もない広さや無責任さに虚しくなることもあったけれど、ネットの文章特有のルールや空気感も少しずつ学び、私にとって無くてはならない拠り所になった。

そこが貧乏を愚痴るスレだったこともあり、私は次第に自分の生い立ちも話すようになっていった。父がギャンブル依存症で行方不明なこと、子ども時代を宗教二世として過ごしたこと、神の教えに背くと母にムチで叩かれたこと、高校を中退したこと。

顔も名前も性別も知らない「名無しさん」にそんなことを話すなんて自分でも信じられなかった。知らない人だからこそ、話せたのかもしれない。

「宗教の勧誘で同級生の家にあたっちゃうのが死ぬほど恥ずかしかった」とこぼすと「まじか、そんなんめちゃ恥ずいよな」「おまえここまでよく頑張って生きてきたな。俺ならそれ学校行けんかもしれんな」と、人のことを「おまえ」よばわりするくせに意外と優しくて、一切否定せず慰めてくれる人や、「正座を崩したらすぐムチだった。痛くなさそうに見えるともう一発だった」と言うと「じゃあ痛いフリしてれば一発で済んだの?」「お父さんは止めてくれなかったの?」と話をどんどん引き出してくれる名司会者みたいな人もいた。「親は選べないお。ぽれ（編集注：「俺」の意味）もかなり酷いンゴ……」とあらゆる2ちゃんねる用語を用いて、不器用ながらポツポツと自分のトラウマを話してくれる人もいた。

友達が少ないこと、生きている意味が分からないこと、本当は愛されたいこと、全部、書いて話すことができた。本音を誰かにさらけ出せたのは、生まれて初めてのことだった。私ってこんなこと思っていたんだ。私ってこんなふうに人と話せるのか。もっと聞いてほしい、もっと知ってほしい！　胸の奥底にためて蓋をしていた気持ちをぶちまけて、どんどんスッキリしていった。

最悪な人生で、何もかもつまらなくて、自分だけがこんなふうに息苦しくて我慢してなんとか生きているんだと思っていたけれど、画面の向こうの「名無しさん」たちも、みんな同じくらい生きづらそうに見えた。会ったこともないのに、みんなを親や友達よりも身近に感じ、愛おしく思った。

「つらかったよな」「こっから先、おまえは自由だぜ」「頑張ろうな」

私もみんなからしたらただの「名無しさん」の一人で、そこに書かれたことが本当のことかどうかも分からないのに、名無しの人たちはそう励ましてくれた。気持ちなんて全くこもっていなかったのかもしれないけれど、世界のどこかにその言葉をかけてくれる人がいることに、私は救われたのだ。

私も彼らにそうしてもらったように「つらい」と言う名無しさんたちを持てる語彙を尽く

して励ました。どこの誰だか分からない人に、無責任に、でも心を込めて、少しでも笑って楽になってもらえるといいなと思いながら言葉を探した。

私の書くことの原点は、あそこにあった。自分の気持ちを話したい、存在を認められたい、人を笑わせたい、が全部詰まっていた。あまり大声で自慢できる原点ではないかもしれないけれど、間違いなく私の文章はあの場所で育まれたものだ。

今でも、たまに何かのきっかけで2ちゃんねるを思い出すと、検索して懐かしのあのスレの面影を探してしまう。あのスレに救われた私が今こうしてたまに2ちゃんねるを覗いているように、あのとき、あそこにいてくれた人たちが、もしかして今も書き込んではいないだろうか？

……そんなわけはないよな。

膨大な量の過去ログを少し探してみたところで、もちろん見つからない。目がクラクラしてきたところでまた私は、今の居場所、X（Twitter）に戻るのだった。

読書感想文をお金に換えた夏のこと

子どもの頃の話。我が家はめちゃくちゃ貧乏だった。

父には常に借金があり、いつも「返済日お忘れでしたか？」の電話が来ていたし、督促状なんかも割とカジュアルに届いていて、家のそこらじゅうで見かけた。父の収入の波が激しすぎてしょっちゅう引越しと転校を繰り返し、家のグレードもコロコロ変わっており、情緒が一向に安定しなかった。

私が小学校3年生くらいの頃は特に貧しかった。両親と私と弟の家族4人で2LDK

のアパート暮らし。エアコンもなく、食卓には時折、ご飯に前日のお味噌汁をかけただけの、いわゆる「ねこまんま」というメニューが出るレベルで、当時はそこまで気にしていなかったが、大人になりご飯を作る立場になった今思い返すと、まあまあえぐい状況だったんだな……と思う。

私と弟にお小遣いなどはなく、誕生日やクリスマスのプレゼントも、お年玉もなかった。当時みんなが持っていたファミコン（ファミリーコンピュータ）やゲームボーイももちろん持っていなかった。

小3にもなると少しずつ周りの子はお小遣いをもらい始め、駄菓子屋でお菓子を買ったり、自販機でジュースを買ったりするようになる。そんな中、お小遣いのない私は「喉乾いてないからいい」「お腹空いてないから買わない」と誤魔化したり、みんなが美味しそうに食べたり飲んだりしている様子をなるべく見ないように、かつ、気まずくなく見えるよう努力した。

哀れな貧乏人を見かねて、近所に住むリッチなクラスメイトのアヤノちゃんは「ナミちゃんもいる？」とお菓子を恵んでくれようとした。子どもの素直さは本当に残酷で、彼女の優しい言動はいつも私を傷つけた。私のことは放っておいて！　そんな目で見ないでくれアヤノちゃん。さっさとこの時間をおしまいにしてくれ！　といつも心で唱えていた。

転校生ということで、ただでさえ友達作りにハンデのある状況。そこへ貧乏も重なる。絶対絶命だ。いよいよまずい。どうにかして遊ぶお金を捻出しないと……！　切実に「お金が欲しい」と思った。

*

悩んでいたちょうどその頃、夏休み直前のある日の学校でのこと。隣の席のホリくんが夏休みの宿題が記されたプリントを見ながら「あー、読書感想文一番やだわ」と言った。

ホリくんは、ちょっとポッチャリしていてやんちゃな男の子だ。いつも手首にたくさん輪ゴムをはめていて、何かあるたびに指に引っ掛けてゴム銃にして攻撃してくる。私も何回か標的になっていた。「消しゴム貸して」と言われ、「やだ」と返事をするとバシッと撃たれる。理不尽すぎる。

「読書感想文なんて楽勝じゃん。どう考えてもラジオ体操が一番最悪」

私は言った。

日記も算数ドリルも感想文も、やれば終わる。でもラジオ体操だけはそういかない。

せっかくの休みなのに、なんで毎朝早起きしなきゃなんないんだ。まとめて終わらせられなくて、毎日行かないといけない。こんなに意地悪で最悪な宿題は他にない！　と思っていた。

イライラしていた次の瞬間、ホリくんがこう言った。

「じゃあお前のラジオ体操行くから、俺の読書感想文書いてよ」

……なんてことだっ！　ホリくん！　あんた天才なのでは？

ポッチャリしている彼が突然シュッとして見え、後ろからピカーッと光が瞬きだし、なんだかかっこよく思えてきた。

「そうする！」

ホリくんに自分のラジオ体操カードを渡し、ホリくんの原稿用紙を受け取った。今年の夏休みは最高だぞ！　と思った。

夏休みが始まるまでの数日間、ホリくんと私だけがその秘密の計画を胸に秘めていることに妙にドキドキして、目が合うたびに二人でニヤニヤしていた。なんだか恋が始まりそうな予感もしたが、ホリくんがかっこよく見えたのはあの一瞬だけで、あまりにも私のタイプとはかけ離れていたため、結局その後もビジネスパートナー止まりだった。

読書感想文は得意だ。私は読書が大好きだった。いつも図書室の本を借りられる冊数の上限まで借りて読みふけっていた。本を開くだけで、つまらない現実からいろんなお話の中に出かけられた。違う国や、違う時代に生きた人の人生や知識を、今ここにいる私が知ることができるなんて、すごいと思った。一人でいられてお金がかからなくて本が無限にある図書室は天国だった。読んだ本の感想を書くことなんて全く苦ではなかった。

あらすじを書く。どこで感動して、どうして心が動いたのかを書く。そして、読み終わって何を得たのかを書く。なんでこんなもんが苦手なんやろう？　ホリくんは。

他人の読書感想文を書くという初めての体験にワクワクして、どの宿題よりも真っ先にホリくんの感想文を書いた。忘れもしない。『はれときどきぶた』という本だ。主人公の男の子がホリくんにちょっと似ていたから選んだ。

ところが、夏休みに入って二、三日が経った頃、昼過ぎに突然ホリくんが私の住むアパートにやってきた。

「ごめん。無理」

申し訳なさそうにラジオ体操カードを差し出すホリくん。

「……え？　なんで？」

「スタンプ。一人分しか押してもらえんくて」

「はー？　マジで？　最悪。私もう感想文書いたのに！」

「はやっ！　……ごめん」

怒りながら、でも半分「そりゃそうだよな」とも思いながら、部屋にホリくんの原稿を取りに行った。『はれときどきぶた』上手くかけたから、せめて「おまえすごいな」って褒めてもらおう。そう思っていた。

玄関に戻ってホリくんに原稿を渡した。すると……

「はい……」

ホリくんはポケットからマジックテープの財布を取り出し、３００円を私にくれた。

「……え？」

「内緒にしてね。じゃあ」

思いもよらなかった。理解するのに時間がかかった。

何も言えずに黙っている私にそう言って、ホリくんは原稿を持って帰っていった。

ホリくんは「あいつが感想文を書いてしまう前に」と思って急いで来たのかもしれない。

ところが、自分側の約束は守れなくなったのに、感想文はできてしまっていた。まだ3年生だ。お金で感想文の対価を支払うという行為を意図的にしたわけではなく、何かできないかと必死に考えた結果だったのかもしれない。

でも、それは私にとって最高の出来事だった。念願のお小遣いが手に入ったのだ。初めて手にした自分のお金。これで、アヤノちゃんたちとジュースが飲める！　私はもう興奮状態だった。

――これで、やっと対等な友達になれる。


「今日は、私も飲もうかな」

あの時のみんなの驚いた顔も、初めて自分のお金で買ったオレンジジュースの味も忘れない。お金を投入口から入れるのに慣れていなさすぎて、指が震えて100円硬貨がカチカチ鳴ってしまい恥ずかしかった。

たった300円だったけれど、大事に、大事に使った。

最後の100円は夏休みが終わっても使わないで大切にとっておいた。


ホリくんは夏休み明け、私の書いた読書感想文をちゃんと自分の字で書き直して提出していた。筆跡については考えていなかったので、そこは感心した。提出した直後からめちゃくちゃドキドキした。先生の手にあの原稿が渡ったと思うと、たとえ筆跡がホリくんのそれでも、もしかしたら何かしらの仕組みでバレるんじゃないか？　と不安だった。

ところが、いつまで経ってもそのままバレなかった。ドキドキした気持ちは、いつの間にか消えた。そして、調子に乗った。

ビジネスパートナーに「よかったら次の年もやるよ」と声をかけたのだ。お金の力は、随分と私を大胆にさせた。

そして4年生の夏になると、なんとホリくんと、彼の家来みたいなヤツが二人来て「俺のも」とそれぞれ300円と原稿用紙をよこしてきたのだった。その年は前回の経験を生かして、自由帳に原稿用紙3枚分に相当する感想文を書いた。自分の分も合わせて4人分は、正直きつかった。でも、頑張った。3人には夏休み中の登校日に、ノートを破いたものと、彼らの白紙の原稿用紙を返して、自分で原稿用紙に写せ、と指示をした。

私は有頂天だった。前年からとっておいた100円を合わせると、その年は1，000円になった。前年度の3倍以上の売上げだ！　小銭だったけど、1，000円の大台に乗ったことが嬉しかった。

夏にはずっと敬遠してきた神社の夏祭りにも繰り出した。どれもこれも一つ300円以上したので結局何も買わなかったが、その場にいられること、友達と対等な立場でいられること、何を買おうかとワクワクする権利があることに、胸が弾むようだった。

もう私は普通の子と一緒だ。

そして、完全に味をしめた。

1、000円は一年をかけてゆっくり使った。それから、来年の夏休みの販売に向けて、あらかじめ読書感想文を仕込むようになった。4人分一気に書くのは流石にきつく、労力を分散しようと考えたのだ。いつもの読書のついでに「これは感想文に向いている」と思うものがあるたびに感想文も書いておいた。秋冬春の間に合計8本の原稿が出来上がった。
そしてやってきた5年生の夏休み。目論見通り、去年の3人に加えてもう二人新規注文が追加され、5人に売り出すことになった。自分の宿題に一本充てたとしても二人分余った。残りは誰かに売り込もうか……そんな考えがよぎるようにまでなった。

ところが、そこで恐れていたことが起きた。私は再び夏休み中に他の学校へ転校することになってしまったのだ。着々と開拓していた絶好調の販売エリアだったのに、人事異動で手放すことになってしまった。

仕込んでおいてよかった。既存の顧客とは、夏休みが始まる前に契約を完了させた。その年の売り上げは1、500円になった。アヤノちゃんたちには、お別れの手紙を書いて渡した。「遊んでくれてありがとう。手紙を書くね」

それ以降、結局一度も書かなかった。

新しい土地では一軒家に住むことができたが、壁が全面レモン色で変な家だった。相変わらずお小遣いはなかった。

小学校高学年ともなると余計に出費は嵩むもの。この頃になると、ハイクラスの女子や男子は子どもだけでバスや電車を使って街に出て遊ぶようになっていたし、ほとんどの子がお小遣い生活をエンジョイしていた。

なんとしてもまたこのエリアで新規開拓して、お金を得なければならない。そして偶然、その想いを増幅させるものに出会った。水曜ドラマ『お金がない！』だ。

当時テレビ放送されていたドラマで、織田裕二演じる主人公の萩原健太郎が、借金まみれで一文なしの状態から一流企業で大金持ちへと上り詰めていくサクセスストーリーだった。

私の心に再び火がついた。やるんだ！　萩原も、魂を捨ててナマケモノのモノマネまでしてお金を得ているじゃないか！　私は一体何をやっている！　プライドを捨てて、新規開拓をするんだ！

　プライドをかなぐり捨て、仲良くなりかけていた男子たちに声をかけていった。

「読書感想文、買わない？」「6年の夏休み、ラクしたくない？」


　どの学校でも、読書感想文は売れることが分かった。萩原健太郎が乗り移った私は、どんどん営業をかけ、どんどん本を読み、どんどん原稿を仕込んでいった。

　新規見込み顧客は膨れ上がり、クラスのほとんどが私の事業を知ることになった。ラッキーなことに、この学校ではクラス替えが2年ごとで、5、6年生の間でクラス替えはなかった。見込み客の取りこぼしが少なくて済む。

　そして運命の翌年。結果、本申込みに至った人数は、なんと15人。営業をかけたクラスの子たちから外にまで広がり、他のクラスからも頼まれた。


　さらに、完全に萩原健太郎となっていた私は、この学校では価格を急激に釣り上げていた。一本800円だ。6年生ともなればそのくらい出せるやろ、と踏んだのだ。15人×800円。なんと12，000円！　一気に去年の8倍の売上だ。仕込んでおいた原稿は10本。予想もしていなかったが、自分の提出分も含めて6本の在庫不足だ。でも、そんなのなんともない。

もうなんだってできる気がした。必死になって書いた。一本1、200文字の読書感想文を一気に6本。読む。あらすじ。感動した部分。心が動いた理由。読む。あらすじ。感動した部分……。ひたすら書いた。楽しかったはずの読書も作文も、最後は地獄のようだった。それでも6本、仕込んでいたのも合わせて16本、全部を最初の登校日までに書ききった。

登校日に全員に原稿を配って回ると、そのうちの一人には「やっぱりいい」と断られた。一契約、不履行となってしまったが、それでも今年の売り上げは11、200円。欲しかったゲームボーイブロスだって、もう自分で買える！

自分で商売をしてお金を稼ぐ体験を味わって、この世の全てを手に入れたような気すらしていた。もう、以前の惨めな私はいない。誰も、私をかわいそうな貧乏な子だとは思っていない。最高の夏休み。その年の神社の夏祭りでは、自分のお金でフランクフルトを買った。

浮かれていた夏休みも終わり、2学期が始まった。流石に14人もが私の書いた感想文を提出するという事態には、とてつもない緊張感があった。

大丈夫。みんな、自分の字で清書してるはずだし。ばれっこない。自分に言い聞かせながら何日かびくびくしながら過ごしていたら、その日がついにやってきた。

夕方だった。学校から帰った頃、先生から親に電話がかかってきた。顧客の一人、同じクラスの男子が親にうっかり話してしまい、学校に苦情が入ったのだった。私は母と二人、学校に呼び出され、怒られた。お金も返すことになった。全員の家庭を訪問して800円を返した。母は死ぬほど謝っていた。無言の帰り道の空気の重さは、今思い出しても胃がキリキリする。

「その子たちの学ぶ機会を奪ったんですよ」

先生には確かそんなことを言われた気がするけれど、あまり覚えていない。

私が書いたものを出した子たちも、もちろん怒られ、読書感想文は改めて自分で書かされたようだった。私にそそのかされ悪事に手を染め、罪悪感で数日ドキドキさせられたうえ、先生や親に怒られ、2学期に夏休みの読書感想文を書かされた彼らには、本当に申し訳ない気持ちでいっぱいだった。

世界の全てが終わった気がした。大変なことをしてしまったとようやく気づいた。

お金はもうどうでもよかった。とにかく全てを成功させたかった。みんなに私のすごさを認めてもらいたくて必死だった。感想文を書くなんて大したことじゃないのに、とても喜んでもらえた。それと引き換えに手に入れたお金はとても大切な何かで、それが手に入ったことで、みんなと対等以上になれたと思った。たとえ1円も使わなくても無敵の私でいられた気がした。この仕組みを発見して実行した自分は、最高だとすら思っていた。本当に必死で、本当にバカだった。

それ以来、読書感想文でお金を儲けようとすることはやめた。中学生からは、ようやく毎月のお小遣いがもらえるようになった。あれだけ欲しいと思っていたお小遣いなのに、なんの苦労もせずにただ生きているだけでもらえるお金は、無敵なんかにはなれない、ただのお金だった。

自分の読書感想文だけを書く夏休みは少し物足りない気がしたが、他にも山のように宿題があったので、そのうち忘れていった。友達は結局、それからもあまりできなかった。

あれから30年。気づけば私は、あの頃と同じようにまた本をしこたま読んで、文章を書いてお金をもらっている。

今思い返すと、なあんだ、欲しいものはあの頃と何一つ変わっていないじゃないか、とうんざりする。認められたいとか褒められたいとか、考えていることは呆れるほど小学生の頃と同じだ。変わっていないどころか、嫌な特性が悪化していると言ってもいいかもしれない。私は今や賞賛や名声が何よりの大好物で、他人の承認を喰らって大きくなるモンスターと化している。

ただ、あの頃と違って夏祭りの屋台では、好きなものを好きなだけ買って食べられるようにはなった。好きなだけと言ったところで承認欲求モンスターは意外と少食で、あれもこれも食べたいと食べたいものリストを作って挑む割に、焼きそばとクレープくらいでお腹いっぱいになるけれど。本当はもうきゅうりの一本漬けとかでいい。胃はしっかりアラフォーだ。

ホリくん、アヤノちゃん、D小学校、F小学校のみんな、元気にしてますか？　あのときはありがとう。そしてごめんね！　私は相変わらず、文章を書いてお金に換えてるよ！　いつか会えたらそのときは「おまえすごいな、昔からすごかったもんな」と褒めちぎって称えて、私の鼻の穴をたくさん膨らませてね。よろしくお願いします。

101回目の「丁寧に暮らす」宣言

「丁寧な暮らし」に、定期的に憧れている。

綿や麻などの自然由来の服を着たり、木のまな板を使った後に陰干しして呼吸をさせたり、ほうれん草を丁寧に茹でたり、何かを干して旨味を凝縮させたり、祖母の着物を仕立て直したり、持続可能な何かを繰り返し使ったり……という具合に、忙しい現代人が時短のためにどんどんすっ飛ばしている工程を、手間暇をかけてきちんと丁寧に営むことに憧れている。

そういうことをしている人を見かけるたびに「あぁ、ちゃんと丁寧に暮らしていて素敵だなあ」と思う。しっかり毎日を噛み締めて生きているように見える。

ポリエステルの服を着て、プラスチックのまな板を使い、化学調味料でお味噌汁を作り、木製品にクロスをかけっぱなしの私はちゃんと生きていないのかと聞かれると、「精一杯生きとるわいっ」「だからこそ時間がないんだわいっ」とも思うのだけれど、時短や効率ばかりを求めて暮らしのあれこれを選定していると、毎日をしっかり味わわずに消化してしまっているような感覚や、どうにもこうにも後ろめたい気持ちが湧いてくる。

映画やドラマ、本や雑誌などで見かける丁寧に生きている人たちは、とても健康そうで、たくさん眠れていそうで、心に余裕があっていつも穏やかそうで、簡単に怒ったりなんかしなさそうだ。なんだか周りに映っている空気まで澄んでいて美味しそうに見える。

やはり、憧れるもんは憧れる。ああ……私も丁寧に暮らしたい。心に余裕がある人になりたい。そもそも、これがきっと人間の本来あるべき姿だろう？

それらを見たあと、よせばいいのに必ず「丁寧な暮らしをしたい病」に冒され、「これからはお米をお櫃《ひつ》に保存するぞ！」と意気込んでサワラのお櫃を買ったり、「これからは庭のフルーツでジャムを手作りするぞ」とレモンの苗や大きなガラス瓶を買ったりしてしまうのだ。

そういうときはあっという間だ。瞬く間にネットで調べ始め、息を吸うようにクレジット決済を完了させ、気づけばＡｍａｚｏｎからのダンボールが玄関に届いている。

届いてすぐは「よーし、やるぞ」と一度はお櫃にご飯を保存してみたりするものの、次には「あぁ……今日はちょっとラップに包んで冷凍しとくか」となり、その次には「お手入れが面倒臭いから土日だけにするか」となり、お櫃は棚の一番奥にしまわれることになる。

レモンの木なんてまだ一度も実をつけやしない。根っこのすぐ下に水道管があって、どうにも栄養がいかないからだ。なぜそこに植えたの私。さらに「我が家の生ごみを肥料に変えて、より一層の丁寧な暮らしを」と思い立ち、生ごみ処理機まで買ったのに、処理後の乾燥した生ごみを根元に撒いていたら、隣のおばさんに「カラスがすごいからすぐそれやめろ」と怒られて断念した。

結局ジャムは普通に買っている。なんなら子どもたちには「フルーツのジャムよりヌテラ（チョコレートのクリーム）がいい」と言われている。

こんなもんか？　私の「丁寧に暮らしたい」欲は。こんなに簡単に諦めるのか？

いいや、こんなことでは諦めない。今度こそ、本気だ！

便利なものがあるから、頼ってしまうんだ。こんなもの、こんなもの！　この家から無くなってしまえ!!

ゴールデンウィークの最中、私は突然思い付いてしまい、家にある便利グッズをどんどん処分することにした。

顆粒だしがあるから、お出汁を取らないんだ。ラップがあるから、ジップロックがあるから、お櫃やお重を使わないんだ。電子レンジがあるから、せいろを使わないんだ。

丁寧な暮らしができないことを文明のせいにして、それらがない状態に自分を追い込んでみた（レンジはさすがに捨てられず、コンセントを抜いて土間に追いやった）。昔はこんなのなかったんだから。日本人の、本来あるべき姿はこっちなんだ。

土鍋でご飯を炊いてから、水出しで煮干しの出汁をとり、沸かしたところに鰹節を入れて取り出し、美味しい美味しい「丁寧な」お味噌汁を作った。

あぁ、なんて美味しいんだ……。

本物のご飯と、本物のお味噌汁だ。

——私は今、丁寧に暮らしている！

その日は、炊いたご飯をお櫃に入れ、残ったおかずは陶器のお重に入れ、保存した。

翌朝、お櫃に入れておいたご飯は、もちろん冷めても美味しい。昨日の残りのお味噌汁を温め直し、卵焼きを作り、昨夜のおかずの残りのお重や、お漬物を広げる。

子どもたち、さあ召し上がれ。


「ママー。ご飯とおかずチンして」

まって、長男。このご飯はね。冷たくても美味しいんだよ?

「僕グラノーラ」

ねえ、次男。お出汁からこだわったお味噌汁は?

いいや。子どもたちが食べなくたって私が!

いや、本当は……コーヒーが飲みたい。パンが食べたい。


実は毎回、自分で「丁寧な暮らしごっこ」を始めては、誰かのせいにして辞めることになってホッとしている。もともと超ズボラで、多少部屋が汚れていたって「まだ綺麗なところに座ればいいだろ」と思ってしまったり、お風呂やトイレだって「行くのが面倒臭いからギリギリまで入りたくない、ていうか誰か代わりに行って」と頼んでしまったり、とにかく面倒臭いことは大嫌いな人間だ。

土鍋で炊くご飯も、出汁から作る味噌汁も、確かにとてもとても美味しい。ただ、数回体験してその面倒臭さを身に沁みて実感すると、労力の割にその成果があまりにも一瞬でなくなってしまうので「あんなに頑張った成果物が……これだけ？」と、膝から崩れ落ちてしまう。

丁寧な暮らしをしたい。いや、違うな。「丁寧な暮らしをしている私って素敵でしょ？」という自己満足感に浸りたい。でもその意気込みに対して、簡単に面倒臭さが勝ってしまうのだ。出汁をとっていた部分なんて誰も見ていないし、出来上がりもそこまで褒めてもらえないし、自分だってコーヒー飲みたいんだし。……何のためにやってんだ？　これ。

丁寧な暮らしなんつうのは、そもそもその人の内面がまず丁寧で、几帳面で、清らかでないといけないのではと思う。心が丁寧な人が自分にとって心地よい暮らし方を実践している結果、おのずと丁寧なものとして出力されているだけでは？　こんなズボラでガサツでせっかちな人間が、ちょろっと外側の見えている部分だけ真似したって、できるわけがない気がしてきた。

しかし、憧れるもんは憧れる。振り出しへ戻る。

とりあえず今回はコンビニへ行って、ラップとジップロックを買い、ご飯を冷凍した。レンジもキッチンに戻そうっと。

はぁ〜。ジップロックって超便利。

「盛り上げなきゃ」の成れの果て

誰に頼まれたわけでもないのに「この場を盛り上げなくては！」と頑張ってしまうクセがある。

お芝居、サーカス、ライブ、子どもたちの学芸会。最近ではX（Twitter）のスペースやオンラインの打ち合わせでも「なるべく良い会にしたい、できるだけ盛り上げなくては」と一人で勝手に頑張っている。

出演者に「反応が悪いな。今日は調子悪いかも……」とガッカリされたり、不安に思われたりしたくないのだ。観客が一つになれていなくて、いいタイミングで拍手を送れないサーカスなど、観覧に集中できないほどソワソワしてしまう。

オンラインのイベントでも、場がシーンとして変な空気になってしまったときには、進行の人が不安になっていないか心配で、なんとか盛り上げようとガヤを入れたり大袈裟なリアクションをしたりする。「今日、盛り上がったね」と後から振り返ってもらえるような、素晴らしい時間にしたい。

しかしこの行動、純粋で清らかな人類愛からくるものではない。私は、いい人間だよー、あなたの味方だよー、と必死になって自分の価値をアピールしているわけだ。「顔はよく見えなかったけど、あの人のおかげで……」とあしながおじさんやタイガーマスク的なポジションで感謝されたいという気持ちもあるし、「誰かの役に立つ自分すごい」という、どデカい自己愛が根底にある。

先日、沖縄に旅行に行ってきた。夕飯に選んだのは、沖縄料理の居酒屋。沖縄民謡の生ライブを楽しみながら食事ができるお店だった。

テン、テレ、テン、テケテンテン♪

店内に鳴り響く三線の音色。ここは、まごうことなき沖縄。美味しいお酒に酔いしれ、海ブドウ、ラフテーなどを堪能しながらも、もうすぐ始まる今宵の生パフォーマンスにソワソワし始める私。

私たちが通されたフロアは、30畳ほどの座敷席だ。客席はまばらで、子ども連れの家族が5、6組といったところ。お店のスタッフによってフロアの中央、どこからも見える位置に舞台が整えられた。ざわざわ。いよいよ始まる生ライブ。指と首をコキンと鳴らし（たつもりで）、構える私。今宵も私の最適なリアクションによってパフォーマーの全力を引き出すことができるだろうか。やってやんよ、沖縄！

そこへ現れる、民族衣装を着た若い女性と、若い男性。来たな。パフォーマー。女性がマイクを通して一声。「ハイサーイ、みなさーん！」

「ハイサーイ！」私は普段の声量の6割増しで応える。そんな大きい声、日常生活では出したことがない。きっと横にいた夫が一番驚いたに違いない。

ちゃんとついてこいよ、キッズたち。どこぞの陽気なおばちゃん（私）に負けてなるまいと大声で「ハイサーイ！」と叫ぶキッズたち。いいぞ。キッズたちは盛り上げの着火剤になることが多い。

「みんな元気がいいねー。嬉しいねぇ」

沖縄方言のイントネーションでわあっとフロアを沸かせ、ニコニコと喜ぶパフォーマーの女性を見て一安心。今宵のライブは安泰そうだ。二人は自己紹介をし、一曲目の演奏を始めた。女性がボーカルで、男性は三線とコーラス。軽やかで心地よい沖縄民謡を、観客は食事やお酒を楽しみながら聴いていた。


一曲目が終わり、私はここぞとばかりに拍手を送った。どさくさに紛れて「ヒュー！」とも言ってみた。

「では、二曲目。せっかくなので、みなさんで楽しみましょう」

「イーヤーサーサー」の掛け声のあとに、「ハーイーヤー」と返す。「左手」と言ったら左手をあげて、「右手」と言ったら右手をあげて……のような、ちょっとした振りのある参加型演目のようだ。

全力で応えようじゃないか！　イーヤーサーサー、ハーイーヤー！


しかし、この参加型パターン。反応している勢が少ないと、参加している人たちが、自分が少数派であることに日和って徐々に尻すぼみになっていってしまう懸念がある。

案の定、観客の反応がバラついていった。初めは踊りに参加していた大人たちが、だんだんやめていってしまった。音楽にのってはいるものの、踊りまではちょっと……という様子で、食事に戻ってしまったのだ。残るはキッズが数人とその母親たち、陽気の国で生まれ育ったっぽいオヤジが一人。そして、私だ。

いかん。ちょっと寂しくなってきてしまっている。心なしか二人の声や三線の音色にハリがなくなってきている気もする。ああっ、なんだよ、大人たち。せっかくの沖縄ナイト、全力で楽しもうよ。もっと前のめりに参加しようよ。恥ずかしいのはみんな同じだよ。見てよ、あの二人。あんなに頑張って唄ってくれているのに。

ああ、彼らをがっかりさせたくない。楽しく唄ってほしい！

そんな想いを乗せてさらに大きなリアクションという愛で支える私。私のリアクションの大きさに、斜め左で食事していたわんぱく3人兄妹のいる家族も、それに競うように大きい声で「ハーイーヤー」を返すようになってきた。いいぞ、いいぞ、もっとだ。だんだん盛り上がってきた。

すると「わー、おねえさん、上手だねえ？　すごいね〜？」と、パフォーマーの女性が私をいじり出した。そんなそんな、私はいいから。みんなが楽しくなってくれたらそれで。ゲヘへ。

会場が一つになってきた。パフォーマーの二人は音楽を全力で楽しみ、観客は感動を素直に喝采に変え、全ての相乗効果で素晴らしい空気になっている。きっとみんながこの夜を思い出に深く刻むことだろう。みんな、よかったね。私のおかげで！


大満足で食事に戻ると、次の演目が始まった。

テンケテケテン♪　テンケテケテン♪

「さぁ、楽しい曲ですよ。みんなも知ってるよね？　一緒に踊ってねー」

パフォーマーたちは両手を上げて踊り始めた。


おお。この曲は、志村けんの「変なおじさん」じゃないか。よーし、一緒に踊るぞお。

しかし今度は踊り方の指導もなく、パフォーマーたちはフリースタイルで踊っている様子。分からなすぎて客は誰も踊っていない。ま、まずい。このままではまた微妙な空気になってしまう。なんとかしなくては。

見よう見まねで手のひらを頭上に掲げて、ヒラヒラとさせてみる。もう、キッズたちも踊っていない。このフロアで踊っているのはパフォーマーの二人と私一人だけだ。


くぅ〜。なんとか。なんとか、キッズだけでもついてきてくれまいか？　ほかにこの会を盛り上げようという心意気のあるやつはいないのか？
するとゝステージから声がした。「さっきの元気なおねえさん。一緒に踊りましょう。ほら、こっちきて」

……え？　会場の目線が一気に私に集まる。
こっち来て？　一緒に踊りましょう？　……え、私？
……に決まって、ますよね……

つはーー!!　あんたたちっ!!

ニヤニヤと私を待っている（ように見える）パフォーマーの二人。あれだけ味方のスタンスを貫いてきたのに、途端に彼らが敵に思えてきた。
しまった。どどどうしよう、違うんだ。本当の私はそんな人間じゃないんだ。本来は、隅っこでジトッとした目で陽気な人を訝しげに見ている種類の人間なんだ。ステージで踊るなんてできやしない。しかし他の誰でもないこの私が、ここまでの盛り上がりをぶち壊すわけにはいかない。ここで断ったらせっかくあたたまった空気が台無しになってしまう。

……やるしか、ない。

「行くの？　大丈夫？」

夫が、至極当然の声かけをしてくる。「大丈夫なわけないやろ。死体になった私の片付けはよろしくな」と、目で合図した。

「へへへ。いいんですかぁ～？　すんまへんすんまへん」とヘラヘラしながらステージに向かう。内心は死刑台に登る囚人だ。酔いも完全に冷めている。今すぐにでも進路を変えて走り出し、ホテルの部屋に帰りたい。しかし、俺は俺の責務をまっとうしなければ！　歯を食いしばって壇上に上がった。


女性がマイク越しに尋ねる。

「おねえさん、今日はどちらからおいでですか？　お名前は？　楽しんでますかー？」

「名古屋からきたナミです。さ、最高に楽しんでるさー」

ちょっと控えめに「さー」も付けてみた。

「じゃあ、ナミさんも、みんなも一緒に盛り上がろうね」

「さー」はスルーされた。


――テンケテケテン♪　テンケテケテン♪

「変なおじさん」みたいな曲、「ハイサイおじさん」がまた始まった。

だめだ、やっぱ無理。どうしたらいい？　笑顔を保っていたが、頭の中はパニックだ。夫も見ていられないらしく、横を向いて目の端っこだけで恐る恐るこちらを見ている。そりゃそうなるだろう。

えーい。もうどうにでもなれ！　向こう10年分の私の陽気成分をこの両手に注ぎ込んだ。手をヒョイヒョイと交互に前後にしたり、裏返したり、体でなんとなくリズムを刻み、雰囲気で誤魔化していった。ヒョイッ、ヒョイッ。どうだろう？　これはなんとなく沖縄民謡っぽいんじゃなかろうか？


ヒョイッ、ヒョイッ。

――テンケテケテンっ♪


ん？

変なおじさんっ　変なおじさんっ♪　あれ、これは……？　両手を胸の前でパンパンっとたたき、広げる。パンパン、パー。パンパン、パー。グーにしてぐるぐるぐる……

あれえー？　私ったら「変なおじさん」踊っちゃってるーっ？

パンパンッ、パー。パンパンッ、パー。まずい、これは違う！

一旦「変なおじさん」のフリが入ってしまうと、もうその場しのぎの沖縄踊りになんて戻れない。この人生で30年以上は踊ってきた「変なおじさん」。長年慣れ親しみ、骨の髄まで染み込んだ志村けんの「変なおじさん」のフリ以外、何も出てこないのだ。

「変なおじさん」が止まらない！　たすけてっ!!

だんだん観客も「え？　あれって……」みたいになってきている。会場全体が「どういう顔したら正解なの？」とざわざわしている。陽気な三線と、軽やかな「ハイサイおじさんっ♪」という歌声と、名古屋から来た色黒の中年女性が引き攣った顔で志村けんの「変なおじさん」を踊っている。そしてそれをどう処理したらいいのか戸惑うしかない観客。混乱と失笑の嵐によって、居酒屋の2階は地獄と化していた。

どうして私はここで「変なおじさん」を、知らない大勢の人たちの前で踊っているんだろう？　必死に働いた一年をねぎらい、自分へのご褒美に50万円も費やして、なんで「変なおじさん」で腰をカクカクしているんだろう？

その後、曲が終わるまでの記憶はない。

「ハイサイおじさん」が終わり、テーブルに戻ってからの動きの速さは尋常じゃなかった。

4曲目に三線の男性が唄うBEGINの「島人ぬ宝」が始まったのを後ろに聞きながら、光の速さでお会計を済ませ店を後にした。その旅行中、そこかしこから沖縄民謡が流れて来るたび、地獄の「変なおじさん」が脳によみがえり、私を苦しめたことは言うまでもあるまい。

果たして、私はあの日のライブで誰かの役に立てていたんだろうか？ 未だによく分からない。けれど、盛り上げられる伸び代を目の前にしたが最後、どうしても盛り上げずにはいられないのだ。これが、自己愛を拗れさせた成れの果てということかもしれない。

しかし、私には分かる。あんなに悲惨で、どうにかして記憶から抹殺したいほどの恥ずかしい体験をしたというのに、きっと私はこれからも「みんなを笑わせたい、幸せにしたい、盛り上げたい」という隠れ蓑を使って、自分の歪んだ承認欲求を満たし続けることだろう。

本当にもういい加減うんざりするけれど、そうせずにはいられないのだ。

今日も私は隣の人たちをあの手この手でなんとか盛り上げて、生かしてもらうことにしよう。

自宅で脱毛 〜夏の陣〜

若い頃、ひと通り脱毛した経験がある。脇、V、I、Oライン、足、腕、ほぼ全身で200万円ほどかかったと思う。あの恐ろしい場所、エステサロンで。

少なくともその店舗は、会話下手である私が訪れてはいけない場所だった。スタッフの女性に「今日はお休みですかぁ〜ん？　お仕事何されてるんですかぁ〜ん？」と怒涛の営業トークを浴びせられるのをひたすらかわし続けなければ施術してもらえない。

私も元美容師として、接客の一環で会話しなければいけないスタッフの苦労、大変さは分かっているつもりだ。しかしそれでも、である。毎回違う人にあたるので相当な労力を使って交わしたはずの前回の世間話も問答無用でリセットされ、また最初から同じ話をさせられるときの絶望感ったらない。カルテに書き込んでおいて世間話を引き継ぐシステムとかないのか。

紙クズみたいなパンツを穿かされて、あんなにえげつない部分を、ガバーッと開かれたり、グイーっと引っ張られたり。それを若い綺麗な女の子にしてもらうという、さらなる罪悪感。きわだつ屈辱感。この上ない情けなさ。

しかし、あの苦行に耐えてまで消し去ったはずのムダ毛たちは、子どもを産んで育てているうちに、なんとまたもや生えてきているのだ。

お気に入りの下着を穿いたところで、繊細なレースの隙間からはみ出て、すべてをぶち壊す、ものすごい存在感のあいつら。背中に太ももに、昔からずっと変わらずビッシリと張り付いてるあいつら。足の指にかわいくペディキュアしたって、その麓にひょろっと伸びる、やけに濃く強そうなあいつら。

私ももうアラフォーだ。そこまで肌を露出した服も着ないし、見せる相手もいない。それでも、ふとしたときに目に入るヤツら。一度ツルツルだった快適さを味わっているからこそ余計に汚く見え、煩わしく感じる。

「これが本来のあんたの姿だよ。ヒッヒッヒ。あんたが罪深い内側を隠して外面だけ綺麗にしようとしていることを、俺たちが思い出させてやんよ」という毛たちの声が聞こえる気がする。

でーい、うるさーい！　ありのままの自分（の毛）なんか見たくないんだ。目を逸らしまくるぞ。見た目から入って、後から中身も充実させていくタイプだってことにする。キレイになりたい。もう、ムダ毛を目に入れたくない！　でも、もうあんな苦行には耐えられない！

というわけで、念願の家庭用脱毛器を買ってみた。

少々値は張るが、憎き毛たちを一掃できるのなら、これくらい安いもんだ。家で脱毛できるなんて、なんて素晴らしいの？　いざ、実践。もう一度ツルツルになりたい！

手順はエステと同じ。あらかじめ脱毛したい部分を剃って、そこに保冷剤を当てて肌がキーンとなるまで冷やし、感覚が麻痺しているうちにパチっと光を当てるだけ。脇や腕なら洗面所で十分できそうだ。しかし、家庭用脱毛機を買った一番の目的は、恥ずかしいエリア、V、I、Oラインの脱毛のため。夫も子どもたちもいない平日の昼間に、さぁ、お風呂場で新しい挑戦だ。

V、Iライン行きまーすっ！　レーザー照射で目を傷めないように黒いサングラスを装着して、下半身まるだしの状態で挑む。さすがにいきなりI、Oラインは怖いので、まずは慣らしでVラインから。保冷剤でしっかり冷やして……パチッ。

い……いける。いいぞ。Vラインは全然痛くない。

時はきた。満を持して、次はIラインに挑戦だ。お風呂のへりに腰かけて、足をガバッと開く。ゆけ、保冷剤！

こんな格好は、人生で初めてだ。念には念を入れてキンキンに冷やす。ドキドキ、ドキドキ。こんな柔らかそうで痛そうなところ、冷やすだけで怖い。保冷剤が張り付きそうなくらい念入りに冷やし、確実に感覚がなくなったところで……

いざ、照射！　バチィイイッツッ――‼

いたぁあああああああ――いっっっ

……

く、ない？

ん？　痛くない。

痛くないぞっ、やった――！

しかし、鼓動が半端ない。怖すぎる、Iライン。自分でやるってこんなに怖いのか。一発やるのにこんなに汗だくになるなんて。

なにせお風呂場だから「バチィィィッッッ」が響く響く。反響による音の大きさと、痛いんじゃないかという恐怖心と、昼間から秘部をかっぴろげてる恥ずかしさ、いろんなものがごちゃ混ぜになって凄まじい疲労感だ。

しかし、一発当てたくらいでやめるなんてもったいない。その後も汗だくになりながら、左足、右足とおっぴろげながら、左手、右手あっちこっち押さえながらバチィィッッ、バチィィィッッッと照射していく。保冷剤がぬるくなると、こんなんじゃ痛いかもしれないと心配になり、下半身まるだしのまま、すぐ冷え冷えの新品に取り替えに行く。あそこはキンキン、体は汗だくだ。

まてよ？　もし今、強盗が入ってきたらどうしよう。こんな姿を見られるくらいなら舌を噛み切って死にたい。いや、そうするとその後警察に遺体が運ばれていろいろ調べられて鑑識に回されて、石原さとみ（編集注：テレビドラマ「アンナチュラル」で法医解剖医役を演じる）みたいな人に「Iラインがちょっと腫れてる……この人まさか平日の昼間に脱毛したんじゃ？」ってバレるのでは？　いや、サングラスに下半身まるだしの時点で鑑識回さんでも発見時に秒で分かる。そんな死に方、親族も悲しむに悲しめない。

……なんとか早く終わらせなくては！

勢いそのままにOラインに突入だ。皮膚の硬さで考えると、もうIラインほどの恐怖心はない。しかし、誤算だった。Oライン……自分じゃ全く見えない。手探りで保冷剤を当てることはできる。でも脱毛器のヘッドの照射部分が、いったい肛門のどこらへんに当たっているか全く分からない。この恐怖といったらあなた、Iラインの比ではないのよっ。こうなったらもう鏡で見るしかない。幸い、ここはお風呂場。大きな鏡がある！

どうやったら施術部が一番見やすいか、いろいろな体勢を試した。汗だくだし、いろいろと邪魔になり、とうとう上半身も脱ぐことにした。汗だくの素っ裸に黒いサングラスのみ。正真正銘、変態だ。しかし強盗がいつ来るか分からないのだから、早く済ませなきゃいけない。スタイルのおかしさなんてもう気にしていられない。

とうとう見つけたベストポジション。鏡へお尻を向けた、四つん這い状態がベストだ。左手に保冷剤、右手で脱毛器を股の下からくぐらせて、目指すは鏡に映る自分の肛門！

それいけー！　バチィイイッツッ――――！

素っ裸にサングラス一丁で、四つん這いになり、汗だくでヒイヒイ言いながら小一時間、自分の肛門に向き合った。決して冷静になるまい。俯瞰で見るまい。この姿を決して後から思い出すまい。心を鬼にして戦い切った。

私は燃え尽きた。強盗も来ることなく施術を終え、無事服を着ることができた。初夏の平日のことだった。

今までの人生で一度も使ったことのない筋肉をいろいろと使ったであろうその後は、しばらく体中の筋肉痛に悩まされた。ムダ毛の脱毛は、精神的な負担だけでなく肉体的にも非常に厳しい戦いであると証明された。

そして、剃りたての毛が伸び始めてチクチクする嫌な時期を乗り越えると、無事、照射された毛たちはスルッと抜けていき、その後にはツルツルの素肌がちゃんと待っていたのだった。はー、よかった。報われた。あんな屈辱的な防戦一方の戦いだったかのように見えて、しっかり攻めるとこは攻められていたようだ。

私は、こうしてムダ毛との戦い（夏の陣）になんとか勝利した。やった。これで自らの手でムダ毛を倒す算段が立てられそうだ。

ちなみに男性のヒゲにも同じように使えるらしく、夫も「へー、ヒゲが薄くなるなら俺もやろうかな〜」などと言っている。私があんなところに使ったとも知らずに……ヒッヒッヒ。使いたまえ使いたまえ。

想像していた脱毛体験よりもかなりアクロバティックだったけれど、もうエステサロンで恥ずかしい思いをせずに済みそうで、ホッと胸を撫で下ろしている。

恋とは、愛とは、なんですか？

友達を作ること、友達付き合いを継続させることは私にとってとても難しいことだけれど、「恋人を作ること」は別だった。友達よりも恋人に「私を満たして」と頼る方が気楽だし、恋愛は「何を差し出せばいいのか」がわかりやすい。恋愛は、周りから羨ましがられるというおまけ付きで承認欲求を手軽に満たしてくれる……と、ずっと思っていた。

5歳の頃、近所に住む同い年のダイちゃんに時計をプレゼントされ、向かいの家のアヤちゃんや隣の家のチカちゃんから「アヤも欲しい」「ナミちゃんだけずるい！」とものすごく羨ましがられて気を良くして以来、男の子に好かれることに全力を注いで生きてきた。

ミステリアスでモテる「転校生」という武器を使い、転校先の小学校では隣の席の男の子にわざとらしく優しくしてみたり、前の学校で一緒だった男の子から送られてきたプレゼントのペンをクラスで見せびらかしてみたり。

高校生の頃、所属していた演劇部の仲間たちの誰よりも早く、大学の駅伝選手だった当時の彼氏とセックスをしたら、彼女たちから
「まじで⁉」「したの⁉」「どうだった⁉」

と羨望の眼差しを浴びたのはそれまでにない快感だった。

相手を好きかどうかとか、大事にされているとかいないとか、全部どうでもよかった。別れてもすぐに次の人を見つければいいだけだと思っていたから、別れもつらくなかった。

誰かと恋をする、付き合うということは、寂しい気持ちや認められたい気持ちを満たすための相手を確保することだと思っていた。恋人がいる人間だというだけで、なんとなく社会的にも認められているような気がした。

調子に乗っていた私が初めて恋愛で痛い目を見たのは、20代半ば、ヘアサロンで働いていた頃だ。

ある日カットモデルのハントをきっかけに、一人のやんちゃなイケメンに出会った。背が高くスタイル抜群、多少オラついているけれど気さくで面白く、ヒエラルキーのトップ

に君臨して生きてきた人間特有の自信満々なオーラに満ち溢れていた。「絶対にこの人と付き合いたい」とかつてないほどの強い気持ちが芽生え、一目でロックオンした。

練習のため営業後のヘアサロンに何度か来てもらううちに、だんだんといい雰囲気に。モデルをお願いするのが最後になった日に、これまでのお礼に一杯ご馳走したら、彼も私に気があるように見えたので、サクッと寝技に持ち込み、恋人になることができた。

こんなにかっこよくて面白い、街で一番の良い男が、私のことを好きだということは……つまり、私はこの街の女王ってことでいいよね？「10分に一回はメールしてほしい。ナミが他の男にとられないか心配だから」なんて今思えばキモすぎる要望も「そんなに私を好きなのね。私にはそんな価値があるのね！」と嬉しかった。彼のことは、本当に好きだと思った。今までとは違う。これこそが本物の恋だと思った。

10分に一回のメールはさすがに無理だったけれど、カットの練習で帰りが夜中の0時を過ぎてもなるべく彼の家へ行き、朝方自分の家に帰り、身支度を整えてまた出勤するというスーパーへビーな毎日を送った。

デート中にバットを持った変な輩に絡まれたり、古い写真にゴテゴテに装飾されたバイクや漢字だらけの刺繍が施された真っ赤な学ラン姿の彼が写っていたり、先日変えたばかりの髪色の彼と色白で巨乳の知らない女が二人で写っているプリクラが出てきたり、「あれあれ？」と思うこともあったけれど、全て我慢して見ないふりをした。彼との関係を維持したいと必死に頑張っていた。

たくさん我慢して頑張って、ずっとこのまま一緒にいたいと思っていたのに予想外なことが起きた。

交際期間が一年を超え、彼の両親とも仲良くなり、将来結婚しようとまで言い合っていた頃。いちいち家に帰るのが面倒臭いし二人で住むアパートでも探そうかなあと思っていた矢先に、突然彼から電話がかかってきて「ごめん。別れたい。ナミって重いんだよね。嫉妬や束縛がひどくてもううんざり」と別れを告げられたのだ。

は？　別れたい？　重い……私が？

こんなに尽くしているのにフラれるなんて、嘘でしょ？　重いって、まさか。束縛されているのも、我慢しているのも、関係を続けるための努力をしているのも私の方じゃん⁉

ちょっと待って？　この前、私の目を見つめて「生まれ変わってもあなたのそばで花になろう♪」（ORANGE RANGE）って歌ってくれたじゃん!? あのときの気持ちは嘘だったの？

一週間前、あなたの誕生日に、借金してまでボッテガ（Bottega Veneta）の財布をプレゼントしたじゃん!? これから私、12回払いなんだけど!?

何度も彼に電話をかけ

「もう一度やり直させて！ もう嫉妬も束縛もしないから！」

と泣いて復縁を迫った。

「今もう新しい彼女いるから。彼女に心配かけたくないから電話もやめて。おまえのこと着信拒否するね」

初めて「おまえ」という代名詞を使われ、血も涙もない絶縁を言い渡され、完全に心も体も一刀両断された。

私は捨てられた。もう必要とされていない。価値がないんだ。

一週間近くご飯を食べられず、仕事も手につかず、毎日泣き通した。彼が横にいないのなら、こんな人生生きていても意味がない、もうこのまま死んでもいいかもと思った。

たくさん検索した。別れた彼と復縁する方法。失恋の痛みを忘れる方法。「付き合っていた期間の半分くらいはつらい」とどこかに書かれていて「ここから半年もこれが続くのか。さすが本物の恋は別れがつらい」と絶望した。

ところが悲しさが怒りに変わった後、一カ月もすると気持ちは落ち着いた。あれ。半年かかるんじゃないの？　ん？　なんか私めちゃくちゃ尽くしてたけど、なんでだっけ？　思い出せば出すほど、嫌なやつだった気がする。私はあの人のどこが好きだったのだっけ？　好きだったところが思い浮かばなかった。

店員に対する態度が失礼な人は大嫌いなはずなのに、彼には「誰に対しても物怖じしない態度がかっこいい」と思ったたし、欲しいものを無計画に手に入れてはすぐに飽きていつでも金欠状態という幼稚な面も「好奇心旺盛で行動力があって素敵」と思っていた。

どうしてあんなに必死だったのだろう？　時間とお金と労力を返してほしいとまで思った。

目が覚めてしまった。今度こそ本物だ、本当に彼を好きだと思っていたけれど、これもやっぱり恋ではなかったのかも。今回も結局「かっこいい男と付き合っている自分」が欲しかっただけなんじゃないだろうか？　もしかすると私は、友達から「すごい」と思われたくてセックスをした高校生の頃から、何一つ変わってないんじゃないだろうか？　なんてバカなんだ……？

しばらくは一人でいよう。もし次に恋をするのなら、見た目や条件で相手を選ぶのではなく、好意を持たれていてなんかイケそうだからでもなく、ちゃんと正しく中身を好きになって恋に落ちようと固く決意した。

……つもりだったのに、クリスマスの時期になるとそこら中を練り歩くカップルにこれでもかとイチャついてる様子を見せつけられ、固かったはずの決意もあっという間に消え去り、まんまとまた恋人に寂しさを埋めてもらう人生に戻ってしまった。

デート中、百貨店のエスカレーターを登り降りするたび、街を歩くたび、二人の姿が鏡やショーウィンドウにどう映っているか必ずチェックした。私たちは素敵なカップルに見えている？　私はちゃんと幸せそうな女に見えている？

承認欲求を満たすために、隣にいると羨ましがられるような素敵な恋人、寂しい気持ちや必要とされたい気持ちを束の間埋めてくれるような恋人が欠かせなかった。けれど「私は本当にこの人のことが好きなのか」はいつもよくわからなかったし、心から安心できる瞬間は一度もなかった。

結局、恋ってなんなんだろう？

しばらくして私は「この人はきっと私を裏切ったり不安にさせたりしない。もう一生寂しい思いをしなくて済む。周りからも認められる」と思える人と出会い、結婚した。結婚して家族を作ればきっと全てが満たされるし、絶対に幸せになれるはずだと信じていた。

恋愛や結婚で自分を満たすことなんてできない。自分で自分を認められるようにならないといけない、と気がついたのは、もっともっと先の話だ。

嗚呼、憧れのモンブラン

あれが欲しいこれが欲しいと強欲っぷりをたんと見せつけているが、実は物欲だけはあまりない。ミニマリストのように、必要最低限のものだけ置いて美しくシンプルに暮らすとか、そういう感じではない。安心してほしい。家はちゃんとごちゃごちゃしていて汚い。

私の運転する車を見た人には「でっかいタンクローリーみたいな車に乗ってるかと思ってた」と必ず驚かれる。「体が大きいし自己顕示欲がすごいから、つい……ね！」というコメントについては、事実と相違ないと飲み込むしかない。あと、タンクローリーには確かに乗ってみたい。

運転免許を取ってもう20年以上だが、ずっと同じような軽自動車に乗っている。乗れなくなると同じメーカー、同じ車種の、同じような車を買っている。「ちょっとは変えたら？」と言われるが、コンパクトな軽自動車は小回りが効くし、維持費も安い。車は移動手段だから、移動できればそれでいい。

家だって家具だって普通だ。普通の家に、ニトリや無印良品で買った普通の家具が置いてある。まあできればシンプルでダサくないものがいいけれど、基本的に使えればなんでもいい。

いつどうやって手に入れたのかすら記憶がないような、けろけろけろっぴのイラストの描かれた15センチ定規や、じゃじゃまるのイラストの描かれたプラスチックのコップを子どもの頃からずっと使っている。もうイラストもほとんどの部分が擦れて消えていて、残っているのはたくさんの緑のカスと、赤のカスだ。

かといってそれらに何らかの思い入れがあるわけでもなく、たとえ今日壊れて捨てられることになっても別に構わない。ただ使えるから使っているだけで、モノにはあまりこだわりがないのだ。

それでも、過去に唯一ものすごく欲しかったモノがある。

3年前、あれは確か大阪の蔦屋書店だったか。店内のショーケースに並べられていた〝それ〟に出会った。何気なく見つめていると、店員さんに「お手にとってご覧になられますか？」と声をかけられた。

しまった、これ面倒臭いやつだ！　と思ったものの、手早くケースの鍵を開けられて、白い手袋を装着されてしまい、今さら「大丈夫です」とも言えなくなってしまったため、見るだけ見ることにした。

それが、私と「モンブラン」の万年筆との出会いだった。

その書き心地は唯一無二で、熟練の職人が書いたときの音にまでこだわって作っており、万年筆界の最高峰と言われている。ちなみに山の〝モンブラン〟は西ヨーロッパの最高峰であり、世界最高峰は〝エベレスト〟。少々ややこしい。

私は昔から万年筆が好きで、さまざまな色のインクを使って日記を書いたり、手紙を書いたりしている。普段持ち歩く手帳も、万年筆で書き込んでも染みない紙を採用しているものを使っている。ただ、高級な万年筆などではなく、書けさえすればなんでもいいと思っていたので、数百円から数千円の、求めやすい価格の万年筆ばかり使っていた。万年筆の最高峰であるモンブランは、もちろんそのお値段も最高峰。今まで見てみようと思ったこともらなかった。

チラッと触ってみて値段を理由に断ろう。そう思って、モンブランを握り、差し出されたメモ帳に適当に書き込んでみた。

「（棒読み）あー、すごーい、さすがの……え、ええッ⁉　おぉおおおお◎×△◎×△◎×△◎×△ッ！！！？？？」

衝撃が走った。芸術点ゼロの芝居をかましていた途中で、心からの驚きが溢れ出てきてしまった。なんじゃあこりゃあ……！　なんて書き心地だ。なんてヌラヌラスルスルと書けるんだ。何にも引っかからないじゃないか。それに妙に手にしっくりくるこの持ち心地と重厚感。もしこれで文章を書いたとしたら、モンブランパワーで私のエッセイ、もっとよくなっちゃうのでは……？　一瞬で欲しくなってしまった。

しかし、値段を見てさらに衝撃。手にした万年筆は『星の王子さま』とのコラボ商品かなにかで、なんと一本29万円。「ブホッ！」という声が抑えられず、店員さんもそれを見て「こいつは買わねえな」とすぐに察した様子で、特にそれ以上キャッチされ続けることもなく、大人しくリリースされた。

一番安い価格帯のものでも8万円以上はするモンブラン。やはり、万年筆界の最高峰、モンブラン。日記やメモを書くためにそんな高級万年筆を使うなんてもったいなさすぎる。我が家の一カ月分の食費だぞ。そう言い聞かせて諦めることにした。

ところが、名古屋に帰ってもあちこちで見かけるモンブランの店舗。ちょっと待って、モンブランってこんなにあったっけ？　大阪に行って帰ってくるまでの間に急に建った？　そんなわけないだろ。今まで気にも止めていなかったモンブランが、運命的に出会ってしまったことで途端に視界に入るようになった。ちっとも意識していなかった同級生と体育の授業で一緒にマイムマイムを踊った後、急に気になる存在になってしまい「やだ、この人ってこんなだったっけ？　……トゥンク」となるやつだ。

それからは度々店を訪れ、試し書きをしては「うーん……やっぱり高い」と買わずに帰る日々。……欲しい。もしかしたら、この万年筆を手にすればその価値に見合った良い文章を書けるように未来の私が頑張るかもしれない。そして、なんらかの良い連鎖反応が起こって、より良い人間になれるかもしれない！

いや、バカ、日記の書き心地がよくなったからといって、何も変わらないだろ。原稿を万年筆で書くような大作家先生ならまだしも、私はエッセイをパソコンで入力し、ｎｏｔｅやｗｅｂサイトで公開しているのだ。なんなら最近は手帳に書くのだって面倒臭くてボールペンを使うときもある。

ほら、全然いらないいらない。そもそも私はズボラで乱暴だし、モンブランなんて持つのにふさわしくないよ。ああいうのは、もっと（内面的にも）高貴なお方が持つものなんだよ。

欲しい、いらない、欲しい、いらないを行ったり来たりする日々が続いた。

たまーに執筆して月に数千円の原稿料が入る程度だったその頃の私は「今後もっと文章を書く仕事が増えて、もっともっとたくさん万年筆を使うことになったら、そのときに買おう。その価値に見合う人間になったら買おう！」と決着をつけ、コツコツと頑張ることにした。

そして時は過ぎ、モンブランに出会ってから3年が経った。いろいろな幸運が積み重なり、noteやブログをたくさんの人に読んでもらえるようになり、少しずつ執筆の仕事が増えてきた。傲慢な私は、案の定、調子に乗っている。

あれあれぇ？　こりゃあそろそろ私、モンブラン、要るんじゃないのお？　いやー、まいったね、こりゃあもうモンブランじゃなきゃ！　安い万年筆くん、君ではもはや私の筆には追いつけないのでは？　さあて、それでは、私もそろそろ、モンブランオーナーですか……ねっ？　なんて得意げに指鳴らしをしていた先日。ある大切な手紙を手書きで書きたいと思いつき万年筆を走らせていたところ、お気に入りの若草色のインクが途中で足りなくなってしまった。

ちょうどいい。万年筆屋さんに行こう！　インクを買いに行きがてら、久しぶりにモンブランとご対面することになった。ついに覚悟を決め対峙したモンブラン。やはりさすがのオーラを纏っている。お待たせしたね。もう、買ってもいい頃合いですよ。あなたは、私のモノになりますか？　ウィルユーマリーミー？　なんて思いながら改めて手にとり、さらさらと試し書きをしてみる……

――あれ？　これ、私、要る……？

ヌラヌラスルスル紙の上を滑るペン先も、私の手に握られるためだけに作られたようにしっくりくるその持ち心地も、ずっしりとした重厚感も、今の自分には合っていないように思えてしまった。あれだけ欲しかったのに。ずっとそれを手にすることを目標に頑張ってきたのに。運命的な出会いだと思ったのに。ついに買える資格を手にしたと思えたのに。今ではないかもしれない……と思ってしまった。

きっとモンブランパワーがなくても、どんなに紙にひっかかりまくる安い万年筆だろうと、ボールペンだろうと、なんならたとえ誰にも読まれなくても、私はこれからも文章を書いていくんだろうな、と思った瞬間に要らなくなってしまった。

モノで私の価値が高まるなんてことは、ないのではないだろうか。もしくは、モノによって得られるような種類の価値は、私はあまり必要としていないのかもしれない。

そんなわけで、未だモンブランの万年筆は迎えられていない。

今の私は高級な万年筆よりも、手紙を送る相手が欲しい。そちらの方が私にとっては何倍も手に入れるのが難しい。かわいい便箋セットや、綺麗な色のインク、切手はもうたくさん持っているんだ。足りないのは、手紙を送る相手だけ。どうやら今私が欲しいのは、モノでは満たすことのできないものばかりみたいだ。まったく……万年筆屋さんで買えないじゃないか！

えーん。どこかにコミュニケーション能力や、自己肯定感や、揺るぎない自信、売っていませんか？　いくらでも払うから、見かけたら教えてください！

共感されたい、されたくない

「共感される文章を書くには？」「女性は共感を求めている生き物」なんて見出しの記事を日々ネットのあちこちで見かける。

〝共感〟というのは一般的に良いことで、褒め言葉として使われることが多い。かくいう私も、エッセイや小説に共感する文章が出てくると「めちゃくちゃわかるわ、この気持ち」と嬉しくなる。本人に直接「共感しました！」と興奮混じりで伝えることも、SNSで「とても共感した。みんな読んでみて」とシェアすることもある。

「ああ、この説明しづらいモヤモヤした気持ちを言語化してくれている人がここにいる」「そうそう、これこれ、こういう気持ち。こんな気持ちを抱いていたのは私だけかと思っていたけれど、そうじゃなかったんだ」と嬉しくなり、「こんなに私と同じ気持ちを抱いている人、もし人生のどこかで出会っていたとしたら親友になれたかもしれない！　いや今からでも遅くないかもしれない。連絡先聞こうかな？」と一瞬血迷ってしまう。

そして、ありがたいことに私も「共感しました！　書いてくれてありがとう。救われました」という感想をいただくことがある。こんなにも欲深く傲慢で自己愛のかたまりでしかないドロドロとした心の膿を吐き出しているっていうのに、共感してくれる人がたくさんいるとは、なんてことだ。そんなにも傲慢な人が多いのか？　大丈夫だろうか、この国は。

以前とあるwebメディアで「生理をトイレットペーパーでやり過ごしていた」という内容のエッセイを書いたことがある。「大人の女性の体になる」ことを受け入れたくなくて、初潮を迎えてもその象徴であるナプキンを拒否し続け、母親にも言い出せないまま半年間トイレットペーパーで経血を塞いで過ごした小学校5年生の頃のエピソードを5,500文字に渡って書いた。まさかそんなことをする人は他にいないだろうと思っていたけれど、公開すると瞬く間にX（Twitter）で拡散され、「私も同じことしてました！」「体が大人になることに戸惑う気持ち、めちゃくちゃ共感した」とたくさんの声をいただいた。あのときは本当に驚いたものだ。

共感してくれる人がいるとなると、こちらも「おお、同じような人がいるのですか？　こんな私でもこの世に存在していていいのですか？」と思えて、とても救われる。

驚くことに、過去のつらい経験や恥ずかしい性の悩みにも「わかるわ。私も一緒です」と感想が届く。ありがたやありがたや。

しかしそういった声は、ときに、私のこんな感情も呼びおこす。

「私の人生を、たった数千文字に凝縮したものなんかで『わかるわ。一緒だ』なんて……そんなたやすく、カジュアルにわかられてたまるかーい！」

ごめんなさいごめんなさいごめんなさいっ！　いつも読んでくださっている皆様のおかげでこんなふうに書籍を出版させてもらってるってえのに。ええ、ええ。分かりますとも分かりますとも。それはもう百も承知だ。

もちろん、何かを書いて発信して遠くにいる誰かに想いが届くだなんて、文章を書く者としてそんなに嬉しいことはない。それでも言わせてもらいたい。共感してもらえるのはとてもとても嬉しいけれど、同時に、簡単に共感されたくないという矛盾した気持ちも存在するのだ。

いろんな種類の泥がオリジナルで配合されて独特な臭いを放っているヘドロのような土の中を、40年生きてきた自負みたいなものがある。人間の欲求や苦悩は、人類が生存するための本能として備わっているらしいから、ある程度は似たような部分があるんだろう。それでも、私の持っている汚さは私のもので、あなたの汚さはあなたのものだと区別させてもらいたいのだ。当たり前だけれどあなたは私ではなく、私はあなたではないのだ。

自分のモヤモヤぐちゃぐちゃした気持ちは、私だけのものだと思いたいのかもしれない。こんなもん大事にするほどのもんでもないし、どうぞどうぞ、好きに笑って煮たり焼いたり踏んづけたりしてくだせえ！　と手放したいところだけれど、どうにも上手く処理できない。正面では大手を振って手放しているはずなのに、反対から裏に回って大事に抱えている。

どうやらこれまで自分の中で長い間グツグツ煮込んでかき混ぜて、薄めたり乾かしたり、時には爆発させたりしてきたこのヘドロは、どうしたって私にとっては特別で、誰とも一緒ではなく、唯一無二で素晴らしい愛すべきヘドロなんだ！　という歪んだ自己愛が、ここでもまた余計な大開花をしてしまっているのだ。そして、あなたのヘドロもきっと、長年かかって出来上がった唯一無二の素晴らしいヘドロなはずだ。

もちろん私も、読者の方が共感してくれるからといって「この人は私と同じだ！」とは思わないようにしたいし、誰かの悩みを読んだり聞いたりして、簡単に分かったつもりにならないように気をつけたい。

「わかる！」と一緒くたにするのではなく、お互いのヘドロを別物として尊重し、あったかい縁側でお茶でも飲みながら「頑張ってるね」と愛で合う、ヘドロ鑑賞会でもできたら最高なんじゃないだろうか。


「どうして私だけ？　誰かこのつらさをわかって！　救って！」と嘆いたかと思ったら、今度は「簡単に共感もされたくない！　わかってるフリもされたくない！」だなんて……。

私とは本当に面倒臭い生き物である。やれやれ。

実録！催眠術にかけられてみた

インターネット上では饒舌だが、実際の私はコミュニケーション能力が低すぎて、初対面の人と喋ろうとすると相当にポンコツになってしまう。

ひと口に〝話し下手〟と言ってもいろいろある。話せるけれどタイミングよくキャッチボールができないタイプ、緊張して固まってしまうタイプ、頭の回転が追いつかず言葉が出てこないタイプ、そもそも会話したくないタイプなどなど。私は「仲良くなりたい、気に入られたい」という思いが強すぎて必要以上に緊張してしまい、上手く言葉が出なくなってしまうタイプだ。

悔しい。私だって緊張さえしなければ、語彙力やユーモアのポテンシャルは十分にあるはず。本来ならものすごく面白い会話ができるはずなんだ。もっと明るくて楽しい人間なはずなんだ！　なんとか、この緊張を取り払うことはできないのか？

そう思っていたところ、ＹｏｕＴｕｂｅである動画を見た。20代の女性ＹｏｕＴｕｂｅｒ３人が、催眠術にかけられる動画である。催眠術師は長髪に作務衣を着ている「いかにも」なおじさんだ。

手をギュッと握ると固まってしまい二度と開けられなくなってしまう術。女性がレモンをまるかじりして「酸っぱい！」と苦しんでいる状態を、途中で「甘い……」と、まるでそれがオレンジかのようにバクバク食べられるようにしてしまう術。

そして「あがり症で緊張して上手く人と喋れないので、緊張しないようにしてほしい」という女性が、暗示をかけられた途端、別人のように表情がパァァァッと明るくなり「ウフフ、ウフフフフッ！」と笑い続け、楽しそうにペラペラと喋り出す様子が映っていた。催眠術をかけられていない残りの二人は、口々に「めちゃ喋るやん！」「あんた誰なん？」と騒いでいる。

……こ、これだ！

私も催眠術をかけてもらって、明るくなりたい！　本当は輪に参加したいのに、上手く入れないことを隠して「は？　全然興味ありませんけど？」みたいな顔していつも斜に構えてしまう拗らせキャラじゃなく、いつも明るく面白くて友達いっぱいの斉藤ナミになるんだ！


すぐにネットで近場の催眠術師を探した。わあ、こんなにあるんだ？　催眠術師事務所というものは意外とあちこちにあり、たくさんの催眠術師が広告をうっていた。

いろいろなタイプの催眠術師の中でちょうどいい具合に胡散臭そ……間違えた、ベテランそうで、優しそうな感じの男性が目に止まった。ほほう。「白井先生」とな。よーし、き・め・た！　予約フォームから連絡すると、すぐに返事のメールが来て日程が決まった。やったぞ。これで私も明るい人間になれる！


ワクワクしながら迎えた予約当日。事務所の最寄り駅へ到着すると、白井先生が直々に自家用車でお迎えに来てくださっていた。とても高そうな車だ。

「初めまして。斉藤です。今日はよろしくお願いします！」

「よろしくお願いします、ふふふふ……」

写真通りに胡散臭く、にこやかで、優しそうだ。

ああ、私は今日この人に新しい扉を開いてもらうんだ。後部座席へ乗り込み、「これから私を生まれ変わらせてくれるんですよね！」という熱い眼差しを先生へと送り続けた。すると、助手席に誰かが座っていることに気づいた。先生と私だけじゃないのか？　そこには20代後半と思しきメガネの青年がいた。

「この方は？」と尋ねると「あ、催眠術の仲間です」と先生。

青年は言った。

「今日は白井先生の催眠術を勉強させていただくために、大阪から来ました。私のことはお気になさらず！」

青年はなんと大阪から愛知へ、私に催眠術をかけるところを見学するためだけに来ていた。終わったらまたすぐ大阪へ帰るとのことだ。なんてこった、あんたそんなにすごいのか白井先生……！　期待はさらに高まった。

どこか怪しげな雑居ビルに入っていくのかと思いきや、めちゃくちゃ栄えている大通に面した建物の一階に、その事務所はあった。駐車場からの足取りは軽かった。この道を帰るときには、私はもう生まれ変わっている。

それにしても事務所が堂々と朗らかに存在しすぎている。催眠術って今の時代はそんなにポピュラーなの？　と思いながら、ドアをくぐった。個人が経営しているこじんまりとした雑貨店やヘアサロンのような、明るい佇まいだった。壁面の大きな本棚に並んだ絵本、ポップなライトグリーンの家具、大きなテレビ、たくさんのおもちゃ。どう見てもここで催眠術なんてかけられそうにない。

絵本の方を訝しげに眺めていると
「あ、それはね……子どもたちが読むんですよ」

先生はそう言って一枚のチラシを差し出した。チラシには市内の子ども食堂の紹介が書かれていた。

「この辺って貧困で苦しんでる子どもたちの食堂とかなくってね。僕たちみんなで子ども食堂をちょっとずつ作ってるんですよ。ここはね、その事務所でもあって。子どもたちも来るんでね、本とかね、持って帰っていいよって言うと、子どももすごく喜んで、大事に読んでくれるみたいなんですよ」

ニコニコと優しい笑顔で先生はそう言った。

「そんな素晴らしいことを……そうなんですね」

私は今すぐ有刺鉄線がぐるぐるに巻きつけてあるバットで自分をぶん殴ってやりたいと

思った。こんなに素晴らしい人を〝胡散臭い〟だなんて、私はなんて罪深い人間なんだ……！　二度と他人のことを見た目だけで胡散臭いなんて思うのはやめようと心に誓った。

「では、こちらへどうぞ」

奥のライムグリーンのソファに導かれたので、己への罰はとりあえず後に回し、気持ちを切り替え、そこに座った。

あらかじめ、かけて欲しい催眠術について伝えた。まずオーソドックスな催眠術をいくつか、そして最後に、リラックスしまくって楽しくて笑いが止まらなくなる催眠術だ。リラックスしまくった私は、ようやく本来のユーモアを遺憾なく発揮できるようになり、それはそれは明るくて楽しい、社交的で陽気な人間に生まれ変わることとなるだろう。

「では、始めます……」

先ほどの青年は少し離れた椅子に座り、こちらをじっと見つめながらノートとペンを持っている。え、あなたノートとるの？

とうとう始まる。ドキドキ。ああ、いよいよ私も陽気な人間に……！　本当に自分で自分の体が動かせなくなったり、面白くもないのに意に反して笑ってしまったりするのかな？　ちょっと怖い――。直前になってようやく恐怖と不安が一気に押し寄せたがもう遅い。

「このチェーンの端を持って、石をぶら下げて重みを感じてみてください」

始まってしまった。**どうなるの私ッ！**

20センチほどのチェーンに、水晶のような紫色の石が振り子になってぶら下がっている。チェーンの端をつまんで持ち、石の重みを感じた。ゆらゆらとうっすら揺れている。ぶら下がった石から10センチほど離れたところで手をかざす先生。

——これは、まさか。

「触れていませんよ？ 私は何にも触れていませんけれど、この石はこれから左右に揺れます」

少し離れたところで左右に手をかざす先生。

——やっぱり！ これって無意識に自分で動かしちゃう仕組みでしょ。

チェーンはゆらゆらと揺れ、左右だか前後だかなんだかよく分からない微妙なラインを描き、揺れていた。先生の手が左右に動いてるから、石もなんとなく左右に揺れてるような気もしないでもなく、はっきりとジャッジできないやつ……！

「いいですねえ、左右に揺れてますね。次は前後に揺れます」

え、これ左右に揺れてるの？ 揺れているらしい。先生の手もゆらゆらと前後に揺れる。

「前後に揺れてますねえ。次は円を描くようにぐるぐると回ります。左回りか右回りかはどっちでもいいです」

どっちでもいいの⁉

ゆらゆら……。

「あ、右回りに回ってますね」

回ってる……のか、そうだね。うん、そうか。そうなのかも。

「はい。こんなもんでいいでしょう。うん、いいね。斉藤さんはかかりやすそうだ」

そうですかあ——っ??

ものすごくモヤついた気持ちと、日本一苦い虫を一緒に嚙み潰したような表情を抑えきれないまま、次の催眠術へ移った。

次は、手を握ったまま開かなくなる術だ。これは見たことがある。本当に開かなくなるのか楽しみだ。

「親指だけ立てて、ぎゅーっとぎゅーっと手を握ります。目線は親指のしわに集中してください ね。すると、なぜだか拳が石のように硬ーくなります。かたーく、かたーく……。あなたは絶対にこの拳が開けなくなってしまいます。さ、それではゆっくり開けてみてください。絶対に開きませんよ?」

絶対に? 本当に開かないのかな? 開きそうだけどな?

そーっと小指から手を開いていこうとした。

そーっ……と、え？

普通に開き、ます、けど……？

と思った瞬間、先ほどの青年が私の手を凝視してノートをとっていることに気がついた。

めちゃ見てる！ あの人まさか私が手を開けちゃったら、ノートに「コブシ、失敗」って書くの!?


どどどうしよう、これ、開けちゃっていいのかな。戸惑っていると、

「開きませんよね！ ふふふふ。では、次は……」

早々に次の催眠術に移ることとなった。え……。青年は熱心に何かをノートに書いていた。


「次はね、もしかしたら眠ってしまって横に倒れてしまうかもしれませんのでソファの横を開けておいてくださいね。では、軽く目を瞑ってください。ちょっと肩を失礼」

そう言いながら後ろに回り込み、座っている私の肩に両手を添える先生。私はこれから眠ってしまうの？ これはすごそう！ ゆっくり目を閉じた。

「これからゆっくり10から1まで数えます。するとあなたはなぜか、数字の4だけ喋れなくなります。なぜだか分からないけど、絶対に4だけは言えません。絶対にです。10、9、8、7……完全に力が抜けて、とっても気分がいい状態です。6、5、4……でもあなたはなぜか、4だけ言えません。3、2、1……はい！」

パン、と手を叩く音がした。目を開けた。全然寝なかった。ソファの横、全然使わなかった。

「おはようございます。とても心地よかったですね。では、少しテストをしましょう」

「はい」

「1＋1は？」

「2」

「2＋3は？」

「5」

「2＋2は？」

「4。……あっ？」

あっ！ つい、普通に言っちゃった。

「あ、言えちゃったな……」

先生もきょとんとしている。え？　かかってくれる感じだったよね？　みたいな顔だ。先生、ごめん！

「すいません。私、言えちゃいましたね……」

「そうですね、あはは……」

全員が気まずそうに照れ笑いをしている。早くこの時間終わってくれ。胃がニジニジしてきた。青年はしっかり何かをノートに書いている。「失敗」と書いたのだろうか。

そして、次はいよいよ待ちに待った「超リラックス」だ。これだ。これさえ上手くいけば、これまでの全てが報われるし、私は念願叶い、陽気な人間になれる。さようなら、緊張！　さようなら根暗！

先生はカバンからいそいそと木製の人形を取り出した。画家やイラストレーターがポーズを取らせて使う、デッサン人形だ。その人形が「まいったなー」のポーズをしてカバンから出てきたのが、じんわりもう面白い。先生、前回片付けるときにデフォルトのポーズに戻すのを忘れたのか？　これで笑わせてくれるつもりかと思うと期待が高まった。

またしても先ほどと同じ、後ろから肩を触られて10カウントする導入パターンだ。

「これからゆっくり10から1まで数えます。すると、あなたはなぜか、人形を見ると、おかしくてたまらなくなってしまいます。なぜだか分からないけど、とってもおかしく思えて、笑わずにはいられなくなります。絶対にです。10、9、8、7……リラーックスしてきましたね……6、5、4……完全に力が抜けて、とっても気分がいい状態です……あなたはなぜか、人形が面白くてたまらなくなって、笑ってしまいます、絶対に。3、2、1……はい！」

リラーックス、リラーックス、私は緊張しない人になるんだ。明るく楽しい人になるんだ。そう唱えながらそっと目を開けると、先生が目の前に来ており、後ろ手に何か隠している。

「これ、なーんだ？」

120％さっきの人形だ。

じっと見つめる。

「なんだかおかしく見えてきませんか？　ほら」

先生はデッサン人形を振りだした。あれ。さっきもうちょっと面白かったのに、今は全然面白くない。超リラックスは？

「足をこんなふうにしちゃったりね！　面白いでしょう？　おかしな格好ですね？」

緊張感がじわりとここにいる全員の中に膨らんでいる。面白い、のか？　ど、どうしよう……。

「ピューンと飛んじゃったりなんかして！　ほらほらほらー」

デッサン人形もとんだ人形人生だ。催眠術師に買われたばっかりに。本来ならデッサンのポーズをとるために生まれてきたのに。

もう逃げたい。この場から一刻も早く逃げたい。先生も青年も人形も必死だ。

「もう座っていられないくらいおかしいでしょう？」

この先生は、子ども食堂をいくつも経営している。子どもたちに絵本をあげている。高そうな車に乗っていて、何らかの会社の理事長とかでもおかしくないような上質な身なりをした男性が、私を笑わせようとこんなに必死におどけているのに、失敗でいいのか？　大阪からわざわざこれだけを見に来ている人がいる。ここから必死に何かを学ぼうとしている。この青年はこれが終わったらまた大阪に帰るんだ。きっとこの青年は今夜仲間の催眠術師に今日の施術がどうだったか語ることだろう。「さすが白井先生でした、とても貴重な体験をしました。今日の女性は見事に術にかかって……」とシェアをするつもりで来たんだろう。先生もそれを見越して見学を許可したんだろう。それなのに失敗でいいのか？　私がここで笑いさえすれば……。私が大笑いすることで彼らの全てをぶち壊さずに済むんだ……！

「あ……あひ——っ‼　面白いっ！　ウケるっ！　なにそれ！　ウケるぅうう——‼　ひぃ——っっっ！　お腹痛い！　やめて！　もうやめてぇぇぇぇぇぇ！！！！」

口を手で抑え、腹を抱え、ソファの横幅を存分に使用して笑い転げ、のたうち回った。

私はついに社交的で陽気な人間になった。催眠術にかかり、全力で社交的で陽気な人間になった。直前によぎった心配は、一切ご無用だった。

帰り道、再び駅まで送ってくれた先生と青年は、とても満足そうで饒舌だった。ほくほくと催眠術の素晴らしさを語ってくれ、私はそれを後部座席でにこやかに聞いた。これでよかったんだ。

ついに待ち焦がれていた陽気な人間になった私は、完全に無の顔で電車に揺られ、家路についたのだった。

「何が好き?」って訊かれましても

「どうしたい?」と訊かれても、どう答えてほしいんだろう? と考えてしまう。「どう思う?」と訊かれても、どう答えたらどう思われるだろう? と考えてしまう。


どこへ行きたい? なにが食べたい? どっちがいいと思う?

どこへ行きたがったら喜ばれるか、なにを食べたがったら気に入られるのか、どっちと答えたら正解なのか。

疲れるからあんまり歩きたくないけど、この人はどこへ行きたいんだろうな。遠い所だと嫌がられるかな。いつもパスタばっかり食べたがるよりも焼き鳥って言った方が好感持たれるかな。Ａって答えてほしそうかな、でも、Ｂと答える方が個性的に見られるかな？

面白い回答が求められていそうなら、精一杯面白おかしく答える。根性がある方が喜ばれそうなら、前のめりに諦めずに食い下がる姿勢を見せる。大人しくしていた方が良さそうならずっと黙っている。常に正解を探して答えて生きていて、自分の意見は言えない。どう答えたら、どう振る舞ったら相手の期待に応えられるか？　頭の中は、それればかり。

自分がまるで無い。

数年前に、仕事で60代くらいの女性と車で移動していたときのこと。

取引先の社長夫人で、この令和の時代でも眉毛がなかなかに細く、眉山へ上る角度も眉尻へ下る勾配もそれはそれは見事で、持ち物にはやたら紫色のものが多く、タバコはピアニッシモだった。豹柄アイテムも探してみたけれど、その日は見つからなかった。もっと探せば絶対にあったと思う。

ひと通り世間話を交わしたのち、夫人の好きな音楽の話になった。おっと、そこは当ててみせよう。十中八九、中森明菜だろう？　秒速で中森明菜の名曲を頭に思い浮かべ、次なる話題の展開に備える。

「やっぱ明菜（中森明菜）だよねー！」

はいきたドンピシャ。この会話のパターンは心得ている。なぜなら私の母が同じ世代、ジャンルの人間だから。明菜好きの人が喜びそうな次なる会話のキーワードは「難破船」「北ウイング」。このあたりの曲名を出すと、大抵は喜ばれる。なんなら私はサビはおろかCメロまでしっかり歌える。

「でもね。最近はもうずっと嵐が好き！　有名な曲しか知らないんだけどね。とにかく好きで、毎日聴いてる」

満面の笑みで、キラキラと嬉しそうに打ち明けてくれた。ライターに松潤（編集注：松本潤）がこちらを見てしっとりと微笑んでいるステッカーが貼ってあり、運転している私に見せてくれた。

Ａ－ＲＡ－ＳＨＩ……！　それもＭ・Ｊ担！

想定していた会話の導線を完全に打ち消す、嵐（とＭ・Ｊ）への真っ直ぐな「好き」。それは屈託のないとても見事な、素直な「好き」だった。その真っ直ぐさに圧倒されてしまって、思わず正しい相槌も打てずにただ黙ってしまった。

「斉藤さんは？　誰が好き？」

ゴクリ。やはり来た。今までの人生で何度も訊かれてきたその質問。

学生の頃はａｉｋｏが好きだと答えていた。友達がきっかけでなんとなく聴き出した。いい感じにクセがあって、オシャレで、歌詞も声も曲もちゃんと好きで「ａｉｋｏが好き」は全く嘘じゃなかった。

ａｉｋｏの真似をしてピアスをいっぱい開けて、ゲージも拡げた。私は、色白で小さくて華奢なａｉｋｏとは真逆で、色黒で大きくて骨太な女なのに、前髪パッツンにしてストリート系のファッションまでも真似してしまい数年間ずっと大怪我をしていた。とんだ黒歴史だ（その頃の写真は全て闇に葬った）。

しかし今は「ａｉｋｏと答えたらどう思われるだろう」と気になってしまう。Ｊ－ＰＯＰよりも洋楽が好き、と答えた方がオシャレでかっこいいんじゃないか。クラシックが好き、と答えた方が上品で賢そうに思われるんじゃないか。

それにａｉｋｏのここ数年の歌はあまり知らない。そんなレベルで「好きだ」と言って、相手がもしもっと詳しかったら？　洋楽なんてわけも分からず流しているだけだし。クラシックは漫画の『のだめカンタービレ』がきっかけで知ったくらいの超にわかファンだし。

「音楽は決まったものを聴かないです。適当にそのときに流行ってるのとかを……」

どう答えたらダサくないか、センスが悪いと思われないか、嫌われないか。考えに考えた結果が、その答えだった。好きなものを好きだと真っ直ぐに言えるこのご婦人は、なんてかっこよくて、眩しくて、楽しそうなんだろう。それにひきかえ、私はなんて姑息で、つまらなくて、卑怯な人間なんだろう。

他人にどう思われるのかばかり考えて会話をすることがどれほど馬鹿げているかは分かっているのに、どうしてやめられないんだろう？　他人は私のことをそこまで気にしていないだろ。「どう思われたかな？」「嫌われてないかな？」なんて一日中考えているのは私だけだ。誰も「斉藤ナミ」がどんな人間かなんて、そこまで興味がない。

嵐好きのご婦人もきっと、取引先のうすぼんやりした女の音楽の趣味なんてどうでもいいだろう。だって彼女は自分の「好き」が明確に分かっていて、自分をちゃんと生きているんだから。

他人に良く見られたい。好かれたい。嫌われたくない。そのままの自分ではダメな気がしてしまう。もうどこからが自分の望んだ行動で、どこからが他人に良く思われたいがための行動なのか、自分でも境界線が分からない。かっこいいと思われたくて今の仕事をしているのかもしれない。オシャレだと思われたくてこの服を選んだのかもしれない。髪型も、メイクも、仕事も、全部全部、他人に認められたくて選んだのかもしれない。

本当に好きなものなんて、今、私の周りには一つもないのかもしれない。

「本当の自分って何なのか。他人の評価の中でしか生きられていない自分は、どうしたらありのままの自分を見つけられるのか」

コーチングを生業にしている友人に尋ねてみた。

彼は「君は何をしているときが楽しい？　幸せ？」「誰にも見られなくても、知られなくても、自分一人だけでも勝手にやり続けてしまうような、好きなこと、幸せなことを見つけてみなよ。それが見つかればだんだん自分がわかっていくかもしれないね」と教えてくれた。

＊

誰の評価も気にしない自分を見つけたい。ちゃんと自分の人生を生きたい。好きなものを好きと言いたい。自分だけの幸せを見つけたい。

その日から、ようやく自分を見つける日々が始まった。学生時代にバックパックを背負ってインドへ自分探しに行く人のことを「いやインドに自分はおらんだろ」と鼻で笑っていた私が、まさかこんな年で自分を探し始めることになるとは思わなかった。

本当に好きな服、聴きたい音楽、食べたいもの、やりたいと思うことを時間がかかっても、ちゃんとじっくり考えるようにしてみた。

まずは、朝起きて朝食の時間に、本当に食べたいものは何か考えてみるところから始めた。長年コーヒーとパンを選んできたことだって「家族みんなコーヒーとパンだから」「いつもそうしてきたから」で思考停止していた。しっかり考えてみると、どんどん分からなくなってくる。本当はオレンジジュースが飲みたいかもしれない。パンじゃなくてご飯がいいかもしれない。シリアルがいいかもしれない。あれ？　そもそも、お腹空いてる？

何が食べたいかどころか、お腹が空いているのかどうかすらよく分からなくなってきて、悩んでいるうちに11時になってしまい、ランチの時間に突入することもあった。ひとくち何かをペロッと食べてみたら、匂いを嗅いでみたら、お腹が空くかも？　と呼び水をしてみると実はめちゃくちゃペコペコだった、なんてこともある。人体って不思議！

自分の気持ちに向き合うってこんなに大変なのか。私は、こんなことも分からないのか。やっとヤバさの全貌が見えてきた。

やがて、無限にある選択肢から好きなものが何かを考えるよりも、そこにあるラインナップの中から嫌いなものを排除する方がやりやすいと発見した。
これは嫌い。ちょっと苦手。これはありえないかも。「ノー」を選ぶことで、少しだけ自分の嫌いなものが見えてきた。

ところが、選択肢の中から一番マシなものを選ぶことはできても、本当の自分なんてものはやはりそう簡単には見つからない。
以前よりは格段に他人の評価を気にしなくなり、「本当はどうしたいか」を慎重に考えるようになった。自分の気持ちが分からないなら「考えてみたけれどわからない」と答えるようになったし、音楽や映画の趣味を訊かれると「答えによってどんな人間か判断されるのが怖くて簡単には答えられない。しっかり考えるから3日ちょうだい」と答えている。すると大抵「そんなに待つほど興味ないからいいよ」と言われる。もっと興味持ってくれよ。

しかし、自分の意見を「こうかも……」とぼんやり思い浮かべてみても、どこかで他人が自分とは反対の意見を堂々と語っていたり、それに賛同する人がたくさんいたりすると、簡単に「やっぱりそっちかもしれない。そんな気がしてきた」と他人の意見に導かれてしまったり、自分の意見を持てたとしても「……とか言っちゃう自分って」とさらに客観的に見て自信のなさを誤魔化してしまったりもする。やはり、耐えられない。

どこまでいっても人からどう見られるかにぶち当たっている自分に気づいてうんざりする。自分だけの道を進んでいるつもりなのに、ハッと気づくとまた別の角度からどう見られているか気にしているのだ。

気づくたび「んあああああっ、まただ！　また他人を気にしてる私！」と絶望する。自分がどうしたいのか分かったり、まったく分からなかったり、どう思われているか不安になったり、もうどう思われてもいいと開き直るときもあったりだ。

ただ、「本当の自分」について考え続けていて最近思うこともある。

無人島でずっと一人、みたいな環境でない限り「他人の目がなかったら……」なんてことはありえないんじゃないだろうか。私はこれからも他人との関わり合いの中で生きていくだろう。

好きなもの、美しさの基準、行いの良し悪し、心のあり方など社会に全く影響されずに自分の感性だけで築きあげるなんてことは、誰にもできないんじゃないだろうか？　面白い本、映画、ドラマ、漫画に触れ、一瞬にして考えが変わってしまうこともある。他人や社会に一切影響されない真っさらなありのままの自分なんて、どこを探したっていないんじゃないだろうか？

家族といるとき、恋人といるとき、友達といるとき、同僚といるとき。それぞれに別の時間を共有してきた相手ごとに違う自分がいるのは当然かもしれない。それぞれの相手にどう思われているか、何を求められているかも考慮しながら役割をこなしている私も、紛れもなくそれぞれに対する「斉藤ナミ」だ。もしかしたら、全部が「私」なんじゃないだろうか。

もちろん「本当の本当はどうしたいか？」を探し続けることも諦めたくはない。けれど、たとえ「本当の自分」と思われるブレない軸のようなものが私の中にあったとしても、その本当の自分と、相手の目を気にした自分とをすり合わせてバランスをとり、相手の様子を見ながら自分の中の答えを選んで出力していくのは、決して悪いことではないような気がしてきた。

なんだかすっきりしない着地で申し訳ない。他人からどう見られるかが気になる自分、本当の自分を出したい自分、どちらも「私」だ。アラフォーにもなって今さら「本当の自分は？」などと足掻いている面倒臭さや、散々考えた挙句に出てきたものがこんなに曖昧なのに、うまいことまとめようとしちゃっている感じも、この上なく卑怯な私そのものなのだ。

残された人生はあとどのくらいなんだろう。私は、周りを気にして選択してきたかもしれない持ち物を持ったまま、明日からも、今日の続きを生きなくちゃならない。

ここまでずっと他人の目や評価を気にして生きてきた自分。他人に求められる役割をこなすことでなんとか居場所を作って、精一杯ここまで生きてきた自分。そんな自分も「それはそれで私だった。よく頑張った」と、認めてあげてもいいかもしれない。

これが40歳を過ぎた今の素直な見解だ。ありのままの自分ではないけれど、「これでもいっか」と、思い始めていることは本当なのだ。

母への手紙

私と母の関係は、少し変わっている。


「ナミ。明日って何時頃家にいる？」

「午前中は事務所で仕事してる。午後ならいるよ」

「わかった。野菜たくさんあるから持っていくわ」

そう言って、家にいない午前中にやってきて、私に会わずに玄関に荷物を置いて帰っていく。


母の家はそう近くない。車で30分以上はかかる。せっかくの野菜が炎天下に数時間おかれて、しなしなになってしまっていることもある。私が家にいる時間に来るときは、一旦は部屋にあがるものの、荷物を置いて猫をひとなでし

「じゃあそろそろ行くわ」

と、5分も経たないうちにそそくさと帰ってしまう。いつもそうだし、私も照れ臭くて恥ずかしいので、いざ二人きりでゆっくりお茶……となっても、どんな顔で何を話していいのか、ドキマギしてしまうだろう。

「野菜持ってきてくれてありがとう。子どもたちも喜んでる」

子どもたちが美味しそうに食べている写真を添付してＬＩＮＥでお礼をする。子どもを挟むと会話もしやすい。

猫とビールと中日ドラゴンズと中森明菜が大好きな母。

中森明菜のことを「明菜はね……」とまるで友人かのように名前で呼び、彼女の登場がいかに衝撃的だったたか、その才能がいかに素晴らしいものだったたか、その存在が世間の圧力によってどのように潰されてしまったかという一連の話を、今までに何万回も聞かされた。「私にはあの子の気持ちが分かる」と、特別な絆を一方的に感じているようだ。今も、彼女は元気でやっているのかを、友人のような立ち位置でいつも心配している。

中日ドラゴンズについては、毎日の試合はもちろん欠かさず観戦し、各種記事を読み込み、選手全員の毎日の体調まで把握しているようだ。「ヒロト、昨日の疲れ残ってないかな

〜。大丈夫かな〜」と親みたいに想いを寄せている。

母とは、仲が悪いわけではない。くだらないＬＩＮＥはするし、美味しいものを見つけたら多めに買って家に送ったり、お盆やお正月には子どもを連れて遊びに行ったりもする。しかし、二人でショッピングへ出かけたり、ランチをしたり、料理をしたり、温泉に入ったりはしたことがない。街で、ＳＮＳで、友達のような母と娘を見るたびに、そうでない自分たちを想い、少し胸が痛む。

母もそうなんだろうか？

＊

母は、若くして私を産んだ。新卒で就職した職場で出会った父と、すぐに結婚してしまった。世間知らずの母にとってそれはあまりにも早かった。

父は、顔だけ良くて中身がとんでもないダメ男だった。同僚だった母を巻き込んで、顧客や会社を騙し、私がまだ小さい頃にクビになっていた。それからはあちこちで借金を作りギャンブルばかりする毎日。少し働くようになったかと思えばまた借金をして、引っ越しを何度も繰り返していた。

若かった母はそんな生活に耐えられるわけもなく、ある宗教に救いを求めるようになった。

宗教の戒律は厳しかった。誕生日も祝日も祝えない。校歌は歌えない。食事の前はどこであろうと神に祈りを捧げないといけない。学校帰りに集会で学び、土日は近所を訪問して普及活動をしないといけない。悪いことをしたらムチで叩かれた。

クリスマスが祝えないのは特に寂しかった。我が家には物心着く頃からクリスマスがなく、小学校で周りの子が話す噂を繋ぎ合わせることでクリスマスの全容を知った。サンタさんがプレゼントを持ってきてくれる。部屋にツリーを飾って、チキンやケーキを食べて、翌朝には望んだプレゼントが置かれている。なんだその羨ましいイベントは？

その季節になるといつも、学校からの帰り道であちこちの庭に飾られているイルミネーションに見とれながら、部屋の中にあるであろう〝普通〟の家庭のクリスマス風景に思いを馳せていた。私もみんなみたいにクリスマスケーキを食べたり、ツリーを飾ったり、サンタがどうやって煙突のない部屋にプレゼントを届けに来るのか妄想したりしたかった。クリスマスも、クリスマスイブも、毎年我が家にとってはただの普通の一日だった。

15歳の頃、とうとう家族がバラバラになることになった。学校から帰ってきた私に、母は「お母さんたち正式に離婚することになったから」とまるで夕飯のメニューを伝えるような口調で離婚の決定を告げた。

ぐわぁっ！　っと胃の下から何かが込み上げてきて目の前が真っ黒になった。それを悟られないように「あ、そう」とこちらも夕飯のメニューを聞いたような反応をして、すぐさま2階の自分の部屋に逃げ込んだ。感情が動いていることがバレないように、そーっとドアを閉めた。でも内心はグチャグチャだった。

ろくでなしの父が作っためちゃくちゃな家族だったし、その父ももうとっくの昔から家にいなかったけれど、この世でたったひとつの家族の形が正式に壊れてしまうことが悲しくて寂しくて怖くて不安でたまらなかった。

なんで？　どうして⁉　私は何も悪いことをしていないのに、どうしてこんなにつらい思いをしないといけないの⁉

怒りと悲しみの感情が爆発した。その怒りの矛先が離婚を決断した母に向いてしまった。そして、15歳で持てる最大の文章力を注いで母への手紙を書いた。

「最悪の人生。産んでなんて頼んでない！　勝手に産むなら、もっと幸せにしてよ。こんな親の元に産まれるのなら、産まれたくなかった」

どういう文字を綴ったら私のこの怒りと悲しみが過不足なく伝わるだろうか？　どう書いたら効果的に母を傷つけることができるだろう。何度も推敲を重ね、したためた。

書いただけで、実際に読ませるつもりはなかった。こんなことを書いたって離婚を考え直してくれるはずもない。誰にもいいことがない。ただ、これ以上ない酷い文章を書けたことで少し心がスッキリした。

破片が20枚以上になるほどビリビリに破いて、怒りと悲しみと一緒にゴミ箱に捨てた。それで終わりのつもりだった。

しかし後日、いつものようにGUCCIの香水を黙って借りようと入った母の部屋で、その手紙を見つけた。母は破られた破片を全部集め、セロハンテープで修復して、自分を傷つけるために入念にしたためられた手紙を読んだのだ。

鏡台の引き出しの中にあるそれを見た瞬間、内臓がみぞおちあたりから全てヒュッと下に抜け落ちたように感じた。足元がぐらぐらと揺れて立っていられなかった。あれだけ傷つけたいと思っていたのに、現実にあの文章を読んだ母がどれだけ傷ついたかと想像すると、途端に後悔の大波が押し寄せた。

私はその手紙を元の場所に戻すことしかできなかった。その日以来、香水を勝手に借りるのもやめた。部屋に勝手に入ったことも、鏡台の引き出しの中に捨てたはずの手紙を見つけたことも、言えるはずがなかった。何も見なかったことにした。

＊

私は高校をやめ、美容師として働くことに決めた。決して、母のようにはならない。一人でも強く生きられる女になろうと、心に誓って働き出した。実情は「一人で強く生きられる女」とはかけ離れていたが、その時の決意は本物だった。地元の美容院で働きながら定時制の専門学校で免許を取るまでの3年間は、なるべく母と顔を合わせないように過ごした。

弱い母が嫌いだった。父なんか捨てて、好きに生きて欲しかった。それでも、母が父じゃない男の人と会っている気配がするとイライラしたし、母が家に帰ってくる音が聞こえると嬉しく思う自分にもイライラした。結局、いくら強がっても私は子どもで、壊れていく家族に対して何もできなかったことにイライラしていたのだと思う。

あれから25年。母はその後、宗教に頼るのをやめ、とてもいい人と出会って再婚し、今では中日ドラゴンズの母となって暮らしている。私も地元で結婚し、子どもを産んで母となった。母と新しいパートナーのところに、子どもを連れて遊びに行くようにもなった。決して仲が悪いわけではない。でも私と母の間には、あのときからずっと何かが挟まったままだ。

いつの日か、あの日の話をするときが来るのかもしれない。「実は捨ててあった手紙を読んだ」と言い出されたらどうやって反応しようか、何パターンも考えてある。母から言い出されなくても「本当はあんなこと思っていない。あのとき、一番つらかったのはあなたなのに、悪いのは父なのに。支えるどころか傷つけてしまってごめんなさい」と謝った方がいいかもしれない、と思うこともある。

母も、ずっと気恥ずかしい状態のままでいるのかもしれない。人には言いづらい過去を胸にしまい、乗り越え、ようやくお互いの幸せを想い合う余裕ができてきた。こんな風にいつまでも気まずく照れくさいのは、女同士だからかもしれないし、意地っ張りで子どもっぽいところがそっくりなせいかもしれない。

友だちのように仲良く過ごす母と娘でなくても、お互いの幸せを静かに嬉しく想っているというのが、私たちなりの理想の母娘の形かもしれないと今は思っている。

母は中日ドラゴンズの記事以外、あまり文章を読んだりはしない。けれど、この本が書店に並んだら、きっと私に黙ってたくさん買って周りに配ってくれるに違いない。

陽気国の民とキャンプに行って泥になった話

これまでいかにコミュニケーションが下手かを書き綴ってきたが、一方で私は、友達を作るためにかなりの鍛錬も積んできた。誘われたら断らない、いいなと思ったら声をかけてみるなど、積極的に人と会ってコミュニケーションをとろうと修行を重ねた時期もある。以前に比べたら、格段に明るく気さくに振る舞えるようになっているはずだ。

すると、そんな私の鍛錬の成果を披露するのにちょうどいい機会がやってきた。夫の友人6家族、総勢26名と一泊二日のキャンプに出かけることになったのだ。これは私にとっての期末テストと呼んでもいいかもしれない。

夫と友人たちは、昔々あるところのオシャレなダイニングバーのバイトメンバーとその客たち、という属性で構成されており、もれなくミラクル☆陽気国の住民である。あわよくば誰かと友達になりたい気持ちもなくはないが、今回はとにかく人数が多すぎるのと、「キャンプ」という、これまた陽気で社交的で生命力の強い人たちだけがこぞって楽しむイベント（私のド偏見）が舞台なので、無事に生きて帰るのが精一杯かもしれないというのが本音だった。

断っておくが、全員本当にいい人だ。社交性の欠けている私にも分け隔てなく優しく接してくれるし、ちゃんと楽しんでいるか定期的に気遣ってくれる。ただ、ひたすらにポジティブで陽気で、私とは違う星の人間なのだ。

最初に話が上がったのは2カ月前。さすがに怖気付いて、どうにか逃げられないものかと画策してきたが、うかうかしているうちに気づけば戦いはもう次の週末。すでにロッジも予約済みだ。夏だし、家族の誰も風邪を引きそうにない。残すは台風を呼び込むしかないと必死に祈禱していたら、少々早めに呼んでしまい二日前に通り過ぎてしまった。ああ、もう逃げられない。腹を括って挑むしかない。

一日目の予定

キャンプ場近くのショッピングモールに各家庭集合。ランチ後、買い出しをしてからキャンプ場へ。川遊び&夕飯（BBQ）

12時。ショッピングモールへ到着。各家庭が集まってくる。

「こんにちは〜」「大きくなったね〜」とひと通りにこやかに挨拶を交わした後、フードコートの席の確保にバラけた。私を除く大人たちは、みんなが良く知った友達同士のご様子。私は今回のメンバーでは、夫を除いた男性3人、女性一人を知っているが、その方たちの年齢も職業も憶えていないくらいに浅い付き合いだ。


さっそく最初の課題だ。誰からともなく数家族ごとにテーブルを二つ三つ集めて、大きなグループを作り出した。どうやら我が家だけが独立している。はい、できました。二つの大きな連邦国と、我が家一家族だけの独立国。いや、こんなのは序の口だ。大丈夫。

動じることなく、二つの国の隣のテーブルに着席する。会話に入ろうと思えば入れるし、関わらないで過ごすこともできる距離感。ここで繰り出すのが「私は子どものお世話でいっぱいいっぱいです」作戦だ。

と言っても私の息子たちは乳幼児ではないので、もう走り回ったりしないし、全然お行儀よく食べているのだが、ここは協力してもらう。「もう、こぼさないの」など、必要以上にバタバタして見せ、「私は残念ながら子どものお世話で大変でまともに会話できません。あーん、悔しい。本当は参加したいんですけどね！」という姿勢を見せる。たまに会話の源の方を向いて「うんうん、わかる、ですよね」と大袈裟にリアクションをして、少しは参加している雰囲気を出すことも大事だ。

食事を済ませ、ＢＢＱの買い出しに。ここで次の難関。子どもが12人いるので、子どものお守りグループ、買い物グループの「二手に分かれて行動」ということになった。でた。恐怖の「グループに分かれて」。経験の浅い〝人見知り族〟ならば、これ一発で即死であろう。

この選択は、有無を言わせず子どものお守り組だ。食材の買い出しなんてハイレベルすぎる。何を、何個買うのか？　予算はどのくらいなのか？　ボケは必要なのか？　考えること、試されることが多すぎる。独断で食材をカゴに入れる強いハートなんぞ持ち合わせていないため、おのずと「どれが良いかなあ？」などと誰かに話しかけなくてはいけない。その際はタメ語なのか？　敬語なのか？　はたまたミックスか？　小ボケは必要なのか？　危険すぎる。

子どものお守りでヘトヘトになっていれば、それだけで良い人の印象が保てる。故に私はそちらを選ぶ。キッズが喜ぶことなら分かる。全力で腕相撲だ。それさえしていればなんとかなる。治りかけの四十肩が悲鳴をあげるが、なんのその。

これでようやくショッピングモールはクリアだ。買い出しが終わり、各家庭、車に乗ってキャンプ場へ移動する。

一旦、車でグミを食べ、ＭＰとＨＰを回復する。もうすでにだいぶ疲弊している。

いよいよ本丸、キャンプ場に着いた。次は川遊びだ。移動の間は常に子どもたちにピッタリと張り付いておく。

それにしても夫は楽しそうだ。根っからの陽気者である彼は、陰気な妻の呪いから解放されて、ここぞとばかりにものすごく浮かれている。ダサいレインボーカラーのシャツを着ているけれど、あんなものを今までに洗濯した記憶はない。きっと今日のために買ったんだろう。なんてこった。めちゃめちゃ楽しみにしてるやん。

川も基本的には「子どものお世話でいっぱいいっぱい」作戦。プラス、よその子が視界に入ったら、都度「気持ちいいね～（にっこり）」これでＯＫだ。

あぁ、しかしもう限界。正直もうショッピングモールで限界だった。まだ15時？　信じられない。もう22時の疲労感だ。帰りたい。今すぐ家のソファに横たわって、コーヒーを飲みながらX（Twitter）を見たり、漫画の続きを読んだり、猫ちゃんの動画で癒やされたりしたい。

時計を見てうんざりする動作を、もう50回はしただろうか。目線の先では、このメンバーのリーダー的存在の男性が滝に打たれて「うおー、修行だー！」とはしゃいでいる。

川遊びがようやく終わると、BBQだ。陽気の民たちは、音楽を流してビールを飲みながら踊ったり、カレーを作ったり、肉を焼いたり、チーズの燻製を作ったりしている。子どもたちはみんなでニンテンドースイッチを始めてしまったため、お世話作戦が使えない。ここは料理を手伝うか、ご婦人方の輪に入るか。女性陣はもうビールやら酎ハイやらを飲みながら、若いシングルママの恋愛相談に乗っている。かーっ、だめだ、入れない。考えるだけで痩せそうだ。

肉チームは、何かの罰ゲームで人員が決まったらしく、手出しができない。チーズ担当は燻製機の持ち主である。手出しができない。最後の砦、カレーを作っている人に「手伝ってもいいですか？」と声をかけてみる。

「大丈夫大丈夫。普段頑張ってるお母さんたちは、今日くらいゆっくりしてて♪　ね？」ね？　じゃねえ。今すぐお玉をその手からぶん取って、この男の頭をかち割ってカレーを作りたい。

しようがない。私の伝家の宝刀を使おう。——読書だ。一人で読書をすることにした。こんな状況で本なんて1ミリも読めない。できることなら文章の世界にトリップしたいものだが、いくら集中しようとしても文字が全然頭に入ってこない。ひたすら同じ行を繰り返し読んでいる。もうこのポーズで時が過ぎるのを待つしかない。

「世界で一番本が好きな人で、どこでも本を読むんです。みんながBBQしていても、目の前に突然アフリカ象が現れても、親の死に目にでも本を読む人です。これが普通なんですよ」という姿勢でやり過ごす。

すぐ時計を見てしまうが、何度見てもまだ17時だ。もう100万回は見ている。

ひたすら本を読んでいるフリを続けていると、いよいよ肉に、チーズ、カレーも出来上がり、子どもたちがワラワラやってきた。これが終われば本日は終了だ。明日の朝になればもう帰るだけ。つまり、ここからが正念場だ。強い気持ちでこなすぞ。

肉も、チーズも、カレーも味なんてしない。そもそもちっともお腹が空いていない。

「獺祭だー！」と楽しそうにお酒を呑み、肉を食べ、瑛人の「香水」をアカペラで大声で歌っているレインボーのダサいシャツを着た夫とその仲間たちをぼんやり眺めながら、あと少し、あと少し、と唱えていたら「あのー。こっち来ます？」と、井川遥似のご婦人から声をかけられた。

き・た……！　ご婦人方の輪の中に招待される。とうとうやってきた。ラスボス、これが一番の頑張りどころだ。家で事前に予想して練習してきたステージ。大丈夫。十分にイメトレしてきたはずだ。

「いいですかあ～？　すいませえ～ん」

狭いので右手をあげておどけながら体をひねってみなさんの間に割って入る。狭さと緊張とで、きっと世界で一番滑稽なポーズだったことだろう。こんなポーズをすることになるとは予想できていなかった。

「みなさんはお友達同士なんですか？」「お仕事は何されてますか？」「へー、すごーい」「そうなんですね。大変ですね」「えー。美味しい。レモン入れると全然違うね」「アヒージョやばいですね」「私ですか？　夫の会社の手伝いしてます」「そんなそんな。全然」「本当だよね。男の子しか育ててないから、たまに女の子と話すとびっくりする」

用意していたセリフを羅列して、淀みなく会話をこなす。中身なんてまるっきりない。でも、みんな笑ってるからこれで合ってるっぽい。他の人の話だって全然笑いどころが分からないのに「ウケるー」と手を叩いてのけぞってみせる。

きっとあのご婦人だって私と話したいなんて思ってもいないけど、私がひとりぼっちで寂しそうにしているから無理して呼んでくれたんだろうな。気を遣わせちゃって申し訳ないな。せめてこの場をしらけさせるようなことだけは絶対にしないように頑張らなくちゃ。

私、ちゃんと溶け込めているのかな？　ちゃんと笑えているかな？　周りから見たら、楽しそうに見えているのかな？　そんなことを考えながら、からっからに乾いた口と心で全力で陽気なフリを続けた。

どれだけそうしていただろう。10分？　30分？　一時間経った？　もう時間の感覚もわからなくなってきた。

あぁ、笑顔崩れてるかもしれない。もしかして今、泣き顔になっているかもしれない。限界かも。やばい。もう許してください。ごめんなさい、ごめんなさい。子どもたち、夫、他の誰でもいいから、どうか私を呼んで！　この場から今すぐ消えたいっ!!

プツンと限界がきた。

「ちょっとトイレ行ってきます」

席を外してしまった。スマートフォンだけを握りしめたまま、その場から離れた。一度も振り返らず、とにかくどんどん遠くへ歩いた。気づくとキャンプ場の敷地の反対側まで歩いてきていた。

いつの間にか夜になっていた。輝く星や月をボケーっと眺めながらしばらく歩いた。もうとっくに人の声も賑やかな音楽も聞こえなくなっていて、虫の音と、葉っぱが風に揺れて擦れる音だけが響いていた。夏の夜の香りの中、急に自分の汗の匂いがツンとして、汗くさっ、と首をすくめたら、すごく肩が凝っていることに気づいた。

――最後、顔が死んでいなかったか心配だな。自然に笑えていたかな?

みんなの元へ戻ることはできず、気づけば自分たちが寝るロッジへ辿り着いてしまっていた。あ、やべ。急いで夫にLINEした。「限界きた。ロッジきた。子どもたち、荷物、よろしく」

送信すると、なんだかいろんなものを放棄してしまった気がして、涙が滲んできた。戻ることは諦めて、シャワーを浴びた。

なんで私はこんなにダメなんだろう。どうして上手く人と過ごせないんだろう。なんでみんなと同じように楽しくできないんだろう。いや、もういいや。もうこんなのこれで最後だ。どう思われてもいいや。あたしゃ骨の髄まで根暗だよ。

まだ21時前なのに、荷物や子どもたちを無責任に夫に任せたままなのに、ぐるぐるぐるぐる考えては沸き起こるいろいろな気持ちを何もかもまとめてガバッと布団にくるんでもう寝てしまうことにした。

しばらくするとガヤガヤと子どもたちと夫が帰ってくる音が聞こえた。「ママ大丈夫？」次男の心配そうな声がした。泣いていることを悟られないように「大丈夫だよー。ちょっと飲み過ぎちゃった。ごめんね？　パパの言うことよく聞いてね、おやすみー」と努めて明るい声で言った。本当はちっとも飲み過ぎてなんかない。「ほろよい」や「檸檬堂」で酔うもんか。

翌朝、めちゃくちゃ早く目が覚めてしまった。昨晩のいろんなことは1ミリも軽くなっていなかった。でも、これで帰れるんだ。もう残り二、三時間でお別れだと思えば平気だ。もう無の境地だ、私は大仏だ。大仏の気持ちで乗り切ろう。

大仏スイッチをオンにして、朝食を食べに昨夜と同じBBQ会場へ向かった。お菓子のゴミやお酒の瓶、蛍光に光るブレスレットなど、昨夜の楽しそうな名残がたくさん落ちていた。ああ、この光景こそ私が求めていたSNSで見かける「友達が多い人の証」だ、と思った。夏に〝友達がいますよアピール〟するには、まさにうってつけの絵面だった。しかし、その朝は一枚も写真を撮る気になんてならなかった。

あれ？　そういえば他のみんなは……？

「みんな昨日3時まで呑んでてね。誰もまだ起きてねえのよ」

唯一起きていたリーダーが朝食を作りながら教えてくれた。

な、ん、だ、と……？　てことは、今ここは我が家だけの朝食会場？

どんよりした気分が一転して晴れて、一気に「素晴らしい朝！　清々しい空気！」となった。

外で食べるご飯って、なんて美味しいんだろう。炊き立ての飯ごうのご飯に、作りたてのお味噌汁ってこんなに美味しかったっけ？　なんともありきたりな感想だが、本当に美味しくて感動した。この旅行で初めて、ご飯の味がちゃんとした。

朝食を食べ終わる頃、すっぴんにボサボサ頭のご婦人たちが起きてきた。「あ、おはよー。昨日は大丈夫だった？　楽しかったね、あんま覚えてないけど」あんた誰や……。まさかの、井川遥似のあの人だった。よかった。全然なんとも思われてなかった。誰も、私のことなんて覚えちゃいなかった。

朝食の後、各自ロッジを片付け、アスレチックで子どもたちをひと遊びさせ、昼前にキャンプ場を出ることになった。アスレチックでは、ただただ子どもたちと遊んだ。もう他の人にどう思われようが、どうでもよくなっていた。

人と上手く関われなくたって、暗い人だと思われたって、もうなんでもいい。人によく思われたいからと無理して笑うなんてバカみたい。ちゃんと楽しいときだけ笑おう。

子どもたちと真剣に迷路で迷っているうちに、あっという間に時間が過ぎていた。

「せっかくだし昼飯にみんなで焼肉でも……」と駐車場でリーダーが言い出したので、思わず「肉じゃなくてあんたをアスレチックに縄でくくりつけてこの灼熱で焼いてしまおうか？」と言いそうになったが、30人で入れるところが近場に見つからなかったため、無事そこで解散となった。

あああああああああああああああ、やっっと終わった。生きて帰れる!!

みんな大好き！　楽しかったよ、ありがとう。帰り道、気をつけてね。ご飯、おいしかったね。星空、綺麗だったね。本当にどうもありがとう。じゃあ、またね！

最後の最後にここで全部取り返そうと、陽気を振りまきまくっておいた。帰宅後はもちろん泥となり、回復するまでに一週間かかった。

後日、キャンプメンバーのＬＩＮＥグループでは、私のいなかった一日目の夜の楽しそうなみんなの様子も含めた、合計５６６枚の写真が共有された。

「私も撮った写真、入れてみようかな」とスマートフォンのフォルダを見てみると、二日間で撮った写真はたったの３枚だけだった。パエリヤ、月、青空。

せっかくなので、５６６枚にそっと追加しておいた。

「何者かになりたい」と「今のままで十分幸せ」のはざま

正直に言って、未だに「何者かになりたい」と思っている。

私は、20代で結婚し30歳前後で子どもを二人産み、夫の家業である看板店で働きながら家事育児をする生活を送っている。ズボラでいい加減なので手抜き掃除や手抜き料理しかできないし、高級なお菓子を子どもよりひとつでも多く食べようとしたり、ゲームで子どもを全力で叩き潰して大泣きさせてしまったりするような幼稚な母ではあるが、一応、ちゃんと母業もしているつもりのごく普通の主婦だ。

紛れもなく、幸せ。今のままで、十分幸せだと思っていた。

その気持ちが、あるきっかけで崩れ始めた。5年前、とあるオンラインコミュニティに出会ったのだ。デザインの楽しさを体験するコミュニティらしく、SNSで「一緒にうんちの缶バッチを作ろう！」という宣伝が流れているのを目にした。うんちの缶バッチを作ろう？　なにそれ、面白そう！

仕事にも活かせるし、なにより楽しそうだなあと、そこへ入った。JPEGが何のことかすら分かっていなかった主婦が、デザインの世界に触れて物作りをするようになった。作ったものを「いいね」「面白いね」と褒めてもらえることが嬉しくて、さらに調子に乗って作品を作った。

母親になってから、自分が褒められるなんてことはなかった気がする。モノを作ることの楽しさ、夢中になれることの喜び、久しぶりに褒めてもらえたことへの快感に、鼻の穴がどんどん広がった。それは、家事をして、子どもたちの世話をして、夫の仕事を手伝っているだけの生活では決して得られない、忘れていた感覚だった。

＊

私は独身の頃からブログを書いていた。社会人生活に慣れて退屈していた頃にブログブームが起こり、文章を書くのが好きだった私はそのブームに思いっきり乗った。今日の出来事や、恋愛、ファッションについてなどをとりとめもなく書いていると、「面白い！」「更新楽しみにしています」と少しずつコメントが届くようになった。誰かに褒められると嬉しくなって、もっと面白くしようと思った。

読者が増えると、だんだん自分が強くなっていくような気がした。毎日、職場と家との往復をする生活で、私の声が届く範囲なんてせいぜい家族と友達の間くらい。社会人といったって、社会と私には大きな隔たりがあるように思えた。そんな私でも、ブログの中でなら日本中のいろんな人から認められている気がした。

ブログランキングなるものを意識するようになると、もっとのめり込んでいった。もっと読まれたい、もっと上にいきたい。そのためにはどう書いたらいいか、どういうタイトルをつけたらいいか。今日は30位。今日は10位。とうとう3位までできた……！

ブログに社会との繫がりを求め、読者からのコメントや閲覧ランキングで承認欲求を満たし、面白いと笑ってもらうことを心の拠り所にしながら生きているうちに、私は結婚し、子どもを産んだ。

初めての妊娠ではつわりが酷く、とてもブログなんて書いていられない状態になった。出産したら育児ブログでもゆっくり書こうと思っていたら、産後はもっと忙しくなり、子育てと家事と仕事の両立で、もうブログどころではなくなってしまった。

また社会と分断されてしまった。それでも、かわいい子どもたちや夫の会社のために忙しくしているのはそれなりに楽しいし、身近な人の喜ぶ顔は自分の〝幸せの形〟としてとても分かりやすく、もうこれが私の人生であり、私の幸せなんだ、と思っていた。

昔一緒にランキングを競っていたブロガーたちは、今や違う世界の人。でも私はそれを見ても悔しさすら感じなかった。彼女たちの文章を読んで楽しむ読者の側になったんだ、と諦めていた。


そんな日々の中で出会った、オンラインコミュニティ。

作った作品をコミュニティの中だけにとどめず、ＳＮＳでも発信するようになると、あの頃いたブログの世界よりももっと反応が早く、大きく広がり、評価がわかりやすかった。その感触が気持ち良すぎて、忘れていた巨大な承認欲求がまた呼び起こされてしまったのだ。


それまで家族の中のお母さんの役でしかなかった私が個人の「斉藤ナミ」として過ごせることや、自分が作ったものを家族以外の誰かと共有し、評価してもらえることは、「社会に存在を認められている感覚」を一瞬で思い出させてくれた。

そして、他人に認められることで自分の価値を感じられるようになった私は、常に他者から評価され続けないと不安になる体になってしまった。「もっと、もっと上に」という漠然とした気持ちが消えず、現状維持では後退しているかのような錯覚にすら陥る。SNSのフォロワーが一万人を越え、マイクロインフルエンサーとして商品PRの依頼が来るようになり、エッセイで賞を取り、自分の名前で本を出す。それでも、もっと、もっと……！

夢中で作業をしていると、一日くらいご飯を食べなくてもトイレに行かなくても平気な私。当然家のことが疎かになってしまう。以前に比べて格段に家の状態はよくないし、ご飯も手抜きな日が増えた。ふと冷静になり、立っているその足元を見ると「なんだこの埃は……私は何をしているんだ？」と我に返る。私の幸せは、ここにあるんじゃないのか？

子どもたちは本当に良い子で、「ママの料理が世界で一番だぁいすき☆」なんてCMのセリフみたいなことを曇りなきまなこで恥ずかしげもなく言ってくれたり、体調が悪くなって寝込んでいると「弱っているママを守ってくれるから！」と、紙コップと折り紙で手作りしてくれたらしい『ワンピース』の麦わらの一味人形たちをベッドボードに並べてくれたりする。

なんなんだこの天使たち。信じられない。この子たちは本当に私から生まれてきたの？と疑うほど、スレることなく真っ直ぐに育ち、私を愛してくれている。一番近くにいて、一番大事にしないといけない子どもたちとの時間を大切にしないで、おまえはなぜ顔も知らないどこかの誰かの評価を得ようと必死になってるんだよぉぉおおるるぁっ！　と、グーパンで自分をぶん殴りたくなる。

……が、パソコンから「スッココ♪」と通知音が鳴ると0・5秒で母モードを忘れ去り「おっ、どれどれ。なんだい？」と、ヒョイヒョイ軽い足取りで画面を覗きにいってしまう。

もう十分なはずじゃないか？　ＰＴＡ広報だよりだけじゃなく、今ではｗｅｂメディアで連載記事だって書けるようにもなった。たくさんの読者が私のエッセイを読んで感想を送ってくれるようにもなった。「○○くんのママ」だけではなく、「斉藤ナミ」として社会と関われるようになった。それってつまり、私が思い描いていた形で認められ、評価されているってことでしょう？　これ以上、おまえは何を望むんだ？

幸せとは、自分だけのものさしで決めるもののはずだ。自分だけで感じられる、満たされた嬉しい気持ちのはずだ。他人に承認してもらい、他人に評価され続けることで感じる満足感は、一瞬で消える。そんなところに自分の幸せがあってたまるか。

それなのに、まだ足りていないと思ってしまう。今の自分じゃ満足できない。もっと見てもらいたい、もっと面白いものを作って、もっともっと笑わせたい。実体のない「何者かになりたい」というペラついた虚像にすがりついて、家事や育児をおろそかにしてしまう。

夫の方が10倍忙しいのに、その彼に子どもの面倒を見させて記事のネタ取材に行くなんて「まじで何やってんだ？」とクラクラするけれど、それでもやめられない。「めちゃくちゃ面白いものができそうな気がする！　これはきっと世界中が笑うはず！」

あぁ、なんて身の程知らずで傲慢で強欲なんだ。でも、もうちょっと！　もう少しだけ続けたい！　そんなふうにあっちの私とこっちの私を行ったり来たりしている。

＊

たまに長男がオンラインゲームをしながらネットの向こうの友達に「俺のママはあの会社でこんな記事を書いたんだぜ！」と自慢をしてくれているのを見かける。私はそれを後ろから眺め「おいおい、よせやい！　そんなもん自慢するなよ〜！　まいったなぁ」と言いながら目尻と頬を思いっきり緩ませている。

子どもたちには「ママが楽しそうだから嬉しい」と思ってもらえないだろうか？　仕事が楽しい、と背中で教えているということにしてもらえないだろうか？

自分にとって都合の良すぎる言い訳を掲げながら、日々「もっと認められたい」と「今のままで十分幸せ」のはざまで葛藤している。

それでも書いて生きていきたい

私には、書き手としての明確な目標がなかった。売れっ子ライターになってバリバリ稼ぎたいというわけでもない。「この世に私という人間が生きた証が欲しい」「ベストセラー作家に俺はなる！」という野望を持ってるわけでもない。なのに、昔からずっと書いている。

一人1ページずつ毎日ね、と取り決め、更新が遅いとしつこく取り立てまくり、どんどん参加人口が減っていった（比例して友達も減っていった）クラスメイトとの交換日記。勝手に書いてコピーして配っていた演劇部だより（最後の方は後輩ですら「大丈夫です、さっき読みました」とか言って受け取らなくなった）。恋人にウザがられるほどの毎日の大量のメール。

小説に挑戦したこともあった。古い鉄道に住み着いたセミの家族の紆余曲折を描いたストーリーだ。原稿用紙４枚ほどで展開に行き詰まり、小説家になる道はあきらめた。しかし現在でも、風邪で熱を出したとき、たびたび夢にそのセミの家族たちは登場する。

ブハハ、と何も考えないでとにかく笑えるような、文字通りの「面白い」文章も大好きで、大人になってからもさくらももこさんのエッセイや、加藤はいねさん、ＡＲｕＦａさんのブログを毎日のように読み漁っていた。日々のつらいことを笑い飛ばして忘れさせてくれるブロガーに憧れるようになってからは、ＦＣ２ブログ、アメーバブログ、ＷｏｒｄＰｒｅｓｓとプラットフォームを変えながら、エッセイのようなものをずっと書いていた。

もちろんただの趣味として、自己満足のためにやっていた。今日あったことや「高橋一生の肉親になりたい」「彼のマネージャーになったら……」など、一人で妄想日記を延々と書き殴っては一人でニヤニヤしていた。１００記事あたり書き溜めたところで、これはあまりにもキモくて恥ずかしいとかろうじて気づくことができ、全てを闇に葬り去ったこともあったけれど、今でも懲りずに頭の中を垂れ流している。

何のためにこんなことやってるんだろう？　と冷静に思うこともたびたびあったが、そこまで深く考えず、思い浮かぶままにひたすら書いていた。一日に何本も書いていた時期もあった。反応がなくても、書いて世の中に公開すると、なんとなく社会と繋がったような気がして満足だった。自分が面白ければそれでいいや、と思っていた。

そんな中、web上で開催された「面白い文章」のコンテストに自分のエッセイを応募してみることになった。そこで運良く評価してもらえたことで、それまでと比べ物にならないほど多くの人に記事を読んでもらえるようになった。

その結果、ただただ心のおもむくままに書き続けていた私のもとに、いろいろな意見が大量に届くようになった。


「文章下手すぎ。国語勉強した方がいい」

「全然面白くない」

「主婦の欲求不満の承認欲求きも」

「タイムラインに流れてくるの不快」

「めっちゃ笑いました。元気もらいました。つらいときに、また読みます」

「面白かった」と言ってくれる人の声もたくさんあった。それでも私の脳みそは、ネガティブなことばかりを強烈に焼き付けてしまい、褒められたことはすっかり忘れてしまうという非常に厄介で面倒臭い仕組み。初めは気にしないようにして書き続けていたけれど、記事を公開するたびに届くコメントに一喜百憂。

上手に文章を書くには？　的な本を読み漁り、ライター講座なるものも受け、正しい文法、正しい構成を自分なりに探求した。しかし、ほーら、どうだ？　正しいやり方で書きましたから……ね？　と公開したところで、一向に減らないブログへのアンチコメント。

その中には知り合いもいた。それまで仲良くしていた人から罵られるのは本当にキツかった。だんだんｎｏｔｅやブログの記事にではなく、ＳＮＳにも酷い中傷コメントが届くようになった。

こんなことを言われてまで、なんで書いているんだろう？　書いたって、何の意味もないのに。一銭にもならないのに。

書く理由がない。

私は公開していた記事を全て削除し、初めて自分の意思で、書くことを辞めた。

夫は書くことにも読むことにも興味がなく、ＳＮＳにも触れない人で、あまりつらさをわかってもらえなかった。「そんなの気にしなきゃいいんだよお」とどっかのゆるキャラみたいな能天気さで、ふわっふわなアドバイスをしてきた。正論ではあるし、自己肯定感がカリン塔よりも高く、承認欲求など微塵もないところこそが彼のいいところで、常々羨ましいなあ、素敵だなあと思っていたが、そのときばかりはそのふわふわボディをどついてやろうかと思った。

奇しくもその年は、新型コロナウイルスが世の中に蔓延し始めた最初の年。家族以外の人間にほとんど会えない状況下で、どんどん一人で内側に気持ちを抱え込み、ぐるぐるモヤモヤ……。

そして、私はぶっ壊れた。ＳＮＳのアカウントも全て削除し、社会と繋がるのを辞めた。ゼロか１００かの蠍座Ａ型。思いつめたらまっしぐら。すべてをシャットダウンし、完全に営業停止してしまった。

私の存在は人を傷つける。目障り。消えろ。誰にも相談せず一人で考えているうちに、最後には書くことの意味だけではなく、自分の存在の意味が分からなくなってしまった。

なんで書くんだろう？　なんの意味があるんだろう？

なんで生きてるんだろう？　なんの意味があるんだろう？

ネットで調べて、図書館で本を借りて、生きる意味を探し求める毎日。でも、最新の脳科学の本にも、大昔の哲学者の本にも、どこにも納得いく答えは載っていなかった。考えても考えても分からない。探しても探しても見つからない。やがて、納得するのは諦めた。そんなもん誰も分かってないっぽい。

——もういいや。

あとは、ゆっくり息をして、人間の形を保って、子どもたちを生かすための毎日を寿命が来るまで送ろう。

毎日をなんとかやり過ごすため、エッセイを書いていた頃の記憶を呼び起こすものを全てブロックして、なるべく感情を波立たせない努力をした。生きる理由を探すのをやめ、美味しい食べ物を全国から取り寄せたり、かわいい動物の動画を見たりして、生きることに集中した。

美味しいな。かわいいな。

食べ物や動物をネットで見ているうちに、なんとなく誰かのｎｏｔｅやブログも読むようになった。

ふふ。バカだね。

くだらないな、面白いな。

気づけばまた、面白い文章ばかりを選んで読むようになっていた。生きる意味とか、理由とか、もうそういうんじゃなくて、大笑いできたり、知的好奇心が掻き立てられるような面白いものだけ。一番美味しい卵かけご飯を探す記事、ワクワクする未知の国を旅する話、珍しい単発バイトに次々に挑戦する話、全然知らなかった職人の世界の話。

そして、つらいことを面白おかしく書いて笑い飛ばしている大好きだった作家の文章に、また心を打たれた。結局また私は、昔みたいに面白い文章に支えられているな。

そう思った瞬間、思い出した。

――「めっちゃ笑いました。元気もらいました。つらいときに、また読みます」

私の記事に、そうコメントしてくれた人がいた。もしかしたらあのとき私も、誰かのさくらももこさんや、加藤はいねさんに一瞬でもなれていたのかもしれない。

……やっぱり、書きたい。

また傷つけられるのが怖い。でも書きたい。何の意味があるか分からないけど、書きたい。意味なんてなくてもいい。下手だと言われてもいい。いい文章じゃなくてもいい。とにかく、書きたい。

できるだけ誰も傷つけないように、必死に必死に考えて、何度も何度も書き直して、ようやく超絶くだらない記事を書き上げた。どれだけ読んでも、どこにも内容がない。無理してでも何かを学ぼうと注意深く探してみても、何一つ心に残らない。要約すると「たけのこってめっちゃ美味しいのに安いよね。やったね！　カメムシって高級珍味になり得るかな？」という内容だ。

それでも、読んでくれた優しい人が「いいね」を押してくれた。心から安堵した。内容がつまらないことはそのときの私にはどうでもよかった。書いてみて、完成させられたことに意味があった。自分が息をしていることをようやく確認できた気がした。立ち直る気力が湧いた。

思えば、上手く話せない代わりに文章を書いて伝える、それがずっと私だった。お喋りで仲良くなるのが下手くそな代わりに、書いて笑ってもらって友達を作ってきた。上手に甘えられない代わりに、書いて「好き」を伝えてきた。悲しんでいる人を慰める代わりに、手紙を渡して励ましてきた。

悲しみや怒りは、特に伝えるのが苦手だった。昂る感情や気持ちを、どうしたって上手く話せず、泣いてただ黙ってしまう。だから、できるだけ面白くおかしく書いて、無理矢理笑い飛ばしながら伝えてきた。

幼い頃から借金まみれの家庭で育ち、母は宗教に逃げ、父がいなくなり、私は学校を辞め、中卒で働いて生きてきた。

つらい、つらくない、悲しい、悲しくない、寂しい、寂しくない。誰でもない自分自身に言い聞かせて、前に進むために、ずっと文章を書いてきた。悲しみも、怒りも、楽しさも、愛も、全てを書いてきた。私はずっと、自分で自分のことを「よし」と認めるために書いてきた。〝いい文章〟なんて書こうと思っていない。


私には世の中の素晴らしいモノやコトを伝える文章や、生きる意味を教えられるような文章は書けない。それでも、書かずにはいられない。自分自身に、こうやって生きていくけどこれで大丈夫だよね？　と確認するために書いている。これはつらいんじゃない、面白いんだと上書きして、自分で自分の背中を押している。生きるために書いている。

それが、きっとどこかにいる私のような人に届くはずと信じて。そしてその人がクスッと笑ってくれること、少しでも元気になってくれることを願って、これからも書いていこうと思う。

おわりに　私はいつまでかわいそうな主人公でいるのか

「愛されたい」の強さゆえ人と上手く関われずに、から回って失敗ばかりしている。そして私はその理由をいつも、自分の過去のせいにしてきた。

貧乏、宗教二世、一家離散。それらが私にとって苦しい経験だったことは間違いない。でも、誰にだってつらい過去の一つや二つはある。みんなそれぞれ色々なものを抱えて生きている。

では、いつまで私はこの「悲惨な星のもとに生まれたかわいそうな主人公」という設定に酔っているのだろうか。

「つらい経験も悪くない。だって傷ついた分、他人の痛みを分かってあげられて、優しくできるから……（遠い目）」みたいな、どこかで聞いたことのあるようなセリフを自分に言い聞かせ、不幸には価値があると信じてきたし、「幸せを味わい続けていいいはずがない。上手くいくわけがない」といつまでも自分の力や他人を信じられず、いつも全世界を疑っている。

そのくせ認められたい、褒められたいと常に願い続け、何かに失敗するたびにわざとらしくクヨクヨして「頑張っててえらい！」と言ってもらおうとアピールしていたり、「やっぱりね。私はこういう星のもとに生まれた人間だから、何をやってもうまくいかないって決まってるんだ」と自分以外のせいにしたりしている。

自分が傷つかないための防御と言えば聞こえはいいけれど、ダサい。「どうせ……」といつも斜に構えて、まっすぐに受け止めることもしていない。卑怯だ。

＊

ところで最近、そんな私も一丁前に美容に興味を持ち始めた。アラフォーになり、どうしても肌のたるみが気になってきたのだ。しかしいろいろと化粧品を買い揃え、せっせとスキンケアに勤しんでみても、どうにもこうにもピンとしない。

そこで、美容に詳しい友人Ｙに聞いてみようと思った。

同い年のYとは、20代の頃にバイト先で知り合った。私にとって数少ない「友人」と呼べる彼女は、とても明るく元気で、面白くて豪快な女だ。「ダリぃ」（だるい）が口癖で、いつもちょっと悪態をついてはいるが、楽しいことが大好きで、細かいことは気にしない。バーンと遊んで、バーンと飲んだくれて、バーンとお金を使い果たし「やべー、金欠だ」と言っている。

しかし彼女は誰よりも仕事ができるし、義理人情に厚く、周りへの気配りが細やかで、先輩にも後輩にも男にも女にも全人類に好かれている。王道冒険マンガの主人公みたいな人間だ。しかも美女。

当然男性にもモテまくっていた彼女はいつも男を取っ替え引っ替えしていたが、20代後半でインディーズのバンドマンをしている彼との間に子どもを授かり、さくっと結婚し、数年ほどで「いつまでたっても売れないのに真面目に仕事してくれなくてダリぃから」とさくっと離婚して、今は新しい彼氏と子ども二人と楽しく生きている。

もうお分かりだと思うが、Yは私とは正反対の人間だ。華やかで快活で楽しそうで、いつだって人気者で幸せそうな彼女が羨ましかった。

その彼女にアラフォーの美容事情について突然電話して尋ねてみたところ、返ってきた答えは「韓国行って美容医療ぶっかますのが一番早くて安くて確実だよ！　化粧品でコツコツなんてダリぃことしてても変わんないっしょ！」だった。

半年ぶりくらいに連絡したけれど、相変わらずだなあ。彼女の電話の声はデカいということをすっかり忘れていて、耳がキーンとした。

出産も結婚も離婚も、何もかもスパッと的確に決断し、どんなことが起きても前向きに聡明に生きている。私みたいにネットで検索ばかりしてネチネチと悩んでいる姿を一度も見たことがない。

彼女と私の人生の謳歌具合には、一体どれほどの差があるんだろうか？　私が一つのことを一カ月悩んで決めかねているうちに、Yはいくつの素晴らしい体験をしているんだろうか？

きっと徳や経験を積みまくっていて、来世も人気者の星のもとに生まれるんだろう。私の来世はゾウリムシとかかもしれないな。いや、それはそれで気楽そうでいいかもしれない。

「そっか、さすがだね。韓国の美容医療、検索してみるよ」

「ナミは元気？　活躍、見てるよ。本が出たら買うからね。マジですごいね。昔っから書いてたもんね。私は文章なんて全然書けないからさ、本当に尊敬するよ。これ私の友達だ、ってみんなに自慢するわ」

「ありがとう。でもそんなにすごくないし、無理して読まなくてもいいよ」

またやってしまった。照れ隠しで、せっかくYが褒めてくれたのに、否定してしまった。素直に「ありがとう」だけでよかった。余計なことを言ってしまって、気を悪くさせただろうか？


電話を切りしばらくモヤモヤしているうちに、彼女から韓国の美容クリニックのリストが送られてきた。「たるみにはここのこれがいい」「ここはちょっと高いけど痛くない」「ここは痛いけどダントツに仕上がりがいい」など、私の知りたいことがもれなく一発で分かる有能すぎる一枚だった。

突然電話してきて貴重な時間を奪った私に対して、素晴らしいリストをただ優しさのみで爆速で作ってくれた彼女に、羨ましいを通り越して、なんだか申し訳なくなってきてしまった。こんなに他人に優しいなんて、本当にすごいよ、あんたは。

するとリストの後にもう2通追加でＬＩＮＥが来た。

「親父が脳梗塞で倒れてからずっと介護してさ、一緒に行ってあげたいけど当分無理そうで。また行けるようになったらそのときは一緒にパーっと豪遊しようね」
「介護と仕事と育児でダルすぎてつらい毎日だけど、あんたのエッセイは面白くて笑って読んでる。救われてるよ。本当に楽しみにしてるからね。お肌ピカピカで本持ってドヤってる写真も楽しみにしてる」

何年も前に彼女の父親が脳梗塞で倒れたことは知っていた。離婚した後、実家に戻った彼女に会いに行ったときに姿を見かけて挨拶をしたこともある。でも、彼女がずっと介護をしていたことは全く知らなかった。
ナンテコッタ！　なんで私はそんなことに思いが及ばなかったんだろうか？　考えてみれば当然なのに。私はつらい経験をしているはずなのに、友人の痛みに全く気づいていない上、「無理して読まなくてもいいよ」なんてひどいことを言っている。

あの子はこの数年間、一度もそんな境遇を教えてくれなかったし、つらいそぶりを見せたこともなかった。彼氏のおならが臭いだの、手遅れのハゲのくせに抱えている育毛剤の在庫が多すぎるだの、そんなくだらない軽口しか聞いたことがなかった。「ダリぃ」と言いながらも、いつも楽しそうに笑っていた。

もしかしたら、彼女はずっとそうだったんだろうか？

知り合ってから20年。一緒にバイトして、若いってだけで無敵な気がしてバカ騒ぎして、ほぼ同時期に結婚して、子どもを産んで、揃っておばさんになってきたつもりだったけれど、ずっとそうだったんだろうか？　つらいことがあっても周りにクヨクヨした姿を見せないで、いつも我慢して笑っていたんだろうか？　何もかもをさくっと舵取りしているように見えて、実はめちゃくちゃ悩んだりしていたんだろうか？


なんで言ってくれなかったんだよ。私がいつまでたっても愚痴愚痴してるのを、どんな気持ちで聞いてくれていたんだよ。

自分が、いつもよりさらに幼稚で滑稽な人間に思えた。今度こそ「もうかわいそうな主人公のままでいるのはやめよう」と強く思った。

自分が人間的に未熟で、「愛されたい」と願うばかりな理由を過去のせいにしてクヨクヨして、自分のせいじゃないと逃げていることも。もういい加減、やめよう。


対して、Yはかっこよすぎる。かっこいいけれど、つらいことがあったのなら、少しは分けてほしかったな。今からでも遅くないかな？

「ずっとお父さんの介護してたの知らなかったよ。いつでもいいから、もっともっと話してよ」とLINEした。

「ありがとうー！」とだけ返ってきた。

もしかしたら、これからもそんなに分けてはくれないのかもしれない。

そういう人なのかもしれないし、彼女がクヨクヨを分けたい相手は、私じゃないのかもしれない。


だとしたら、私はもっともっと面白いエッセイを書いて彼女を笑わせよう。

Yほどかっこいい人気者にはなれそうにないけれど「人を笑わせられる、お肌のピンと張った面白エッセイストになる」とここに誓おう。

斉藤ナミ

参考文献

「無（最高の状態）」（クロスメディア・パブリッシング）、鈴木祐著、２０２１年
「人は、なぜさみしさに苦しむのか？」（アスコム）、中野信子著、２０２３年

初出一覧

「母への手紙」ランドリーボックス　２０２２年5月2日
「私を救った2ちゃんねる」「恋とは、愛とは、なんですか？」
「嗚呼、憧れのモンブラン」「共感されたい、されたくない」
「実録！　催眠術にかけられてみた」は書き下ろし作品、
その他のエッセイは、ｎｏｔｅに掲載した記事を大幅に加筆修正したものです。

斉藤ナミ

エッセイスト。
「ランドリーボックス」「ねとらぼ」など
さまざまなWebメディアでエッセイを執筆。
noteが主催する「創作大賞2023」では幻冬舎賞を受賞。
本作が初の著書となる。
X（Twitter）：@nami5711

褒めてくれても いいんですよ?

2024年12月1日　初版第1刷発行

著者
斉藤ナミ

発行者
高田 順司

編集者
鼈宮谷 千尋
早川 大輝

イラスト
一乗 ひかる

デザイン
飯村 大樹

発売
株式会社hayaoki

発行
hayaoki books

印刷
株式会社シナノ

JASRAC 出 2408286-401

本書籍に関するお問い合せ、ご連絡は下記にて承ります。
https://www.hayaoki.co/